W0416206

OCTOBRE 2034

« L'insurrection est le plus sacré des devoirs. »
Marquis de La Fayette

« Ceux qui rendent une révolution pacifique
impossible
rendront une révolution violente inévitable »
John Fitzgerald Kennedy

ÉPISODE 1
Un vent de changements

CHAPITRE 1
Entrée fracassante

Il était trop tard pour faire machine arrière. Tous ceux qui étaient présents s'étaient engagés à le faire, jusqu'au bout. Ils n'auraient pas de seconde chance. La manifestation allait être une bonne diversion.

Matthieu, le leader, sourit. La folie éclaira son regard. Ils allaient faire exploser la mairie de quartier. Ces petites manifestations pacifistes l'agaçaient. Ce n'était pas comme cela que les choses allaient changer. Mathieu considérait qu'il était temps au peuple de montrer qu'il savait taper du poing sur la table.

Il réexpliqua le déroulement de leur acte, devant un plan de la mairie, et refit l'inventaire de leur équipement. La seule chose à faire, désormais, était de garder le secret et attendre patiemment samedi après-midi.

Près de dix mille personnes défilaient dans les rues, criant des slogans, brandissant des banderoles, crachant de la musique par des hauts-parleurs. Un vent de contestation soufflait sur Paris, comme sur beaucoup d'autres au même moment.

Par endroit, des grenades lacrymogènes volaient et éclataient sur le sol ; une poubelle brûlait au milieu de la route ; des gendarmes chargeaient face à des manifestants un peu trop violents.

Et le cortège passa devant la mairie. Matthieu, au milieu de la foule, leva un drapeau rouge et jaune bien haut au-dessus de lui. Une dizaine de mètres plus loin, un homme aperçut le signal. Il quitta la marée humaine pour se diriger droit sur la mairie.

Son cœur battait dans ses tempes. Il passa derrière un groupe de gendarmes et atteint l'arrière du bâtiment ciblé. Il posa son lourd sac contre une porte en fer et frappa quatre fois, et disparut.

La porte s'ouvrit à une femme qui saisit le sac et referma aussitôt. À l'intérieur, les employés et les visiteurs toisaient le cortège par la fenêtre. La femme regarda ce groupe qui pensait être à l'abri, ici, puis, déterminée, cacha le sac dans un renfoncement.

Elle avait conscience que ces gens allaient mourir, et même probablement quelques-uns qui passaient dans la rue. Elle se rassura en se répétant qu'ils n'étaient que des victimes collatérales, que malgré elles, elles allaient changer les choses.

Elle se dirigea vers la porte en fer où elle avait récupéré le sac pour sortir quand elle vit trois vigiles et le maire, juste devant. Elle eut l'impression qu'ils avaient découvert quelque chose. L'anxiété la gagna et elle s'imagina pleins de scénarios peu agréables pour elle. En voyant les vigiles avancer dans sa direction, elle recula précipitamment pour rejoindre le groupe dans le hall.

— On va vous faire sortir par petits groupes par l'arrière, annonça un vigile.

Elle soupira. D'abord parce qu'ils n'avaient pas trouvé la bombe, et paradoxalement parce que certains allaient être sauvés.

Elle regarda sa montre. Il restait moins d'une minute. Elle se mordilla l'intérieur de la joue. Pour avoir une chance de survie, elle allait devoir être dans les premiers à sortir.

— Je veux cinq personnes face à moi, ordonna le vigile.

Quelque chose fracassa une vitre. Les casseurs s'attaquaient à la mairie, il ne fallait plus traîner. La poseuse de bombe s'avança, mais une mère et ses trois enfants lui passèrent devant. Un peu plus loin, le père leur faisait signe, les rassurant du mieux qu'il pouvait, laissant sa place à une vieille dame, qui le remercia en souriant.

Trente secondes avant l'explosion. Aucune chance de s'en sortir si elle n'est pas dans ce groupe.

— Je peux me rajouter au groupe, s'il-vous-plaît ? Une personne de plus, ça ne se verra pas, demanda-t-elle.

— Non, désolé, mademoiselle. Attendez ici, on revient bientôt.

Elle regarda le père.

— Prenez-le au moins avec vous, je vous en prie, supplia-t-elle en le désignant.

Dix secondes.

— Il sera dans le prochain groupe. Bon, on y va.

Les cinq civils et le vigile se dirigèrent vers la sortie. Pour la première fois, elle regretta son geste. Elle ne comprenait pas pourquoi ici et maintenant, pourquoi ce sentiment n'était pas venu plus tôt ; qu'est-ce qui l'avait poussé à faire ça ? Peut-être était-ce la perspective de sa propre mort qui la remplit de remords, ou bien cette famille déchirée à jamais à cause d'elle, et de son engouement idiot.

Sa montre sonna. Ça y est. La bombe allait exploser. Elle ferma les yeux et une larme coula sur sa joue. La détonation résonna dans tout le bâtiment, faisant éclater les vitres, brisant les murs, soufflant les corps d'innocents, brûlant les manifestants dans la rue, ouvrant une brèche pour que le plafond s'effondre et que les flammes jaillissent.

Avant que le feu mortel ne l'atteigne, Jade, qui se désignait maintenant elle-même comme terroriste, sut que rien ne pourrait pardonner son acte. Telle fut sa dernière pensée.

Dehors, le cortège se dissipa sous les cris, la poussière et le sang. Des éclats de verres se plantaient sur plusieurs personnes, d'autres étaient écrasés par un pan de mur. La mère de famille se retourna au moment de l'explosion, craignant que le pire ne soit arrivé. Elle protégea ses enfants du mieux qu'elle pouvait. Le vigile les avait conduit dans une ruelle entre deux pâtés d'immeubles, ils étaient protégés du souffle de l'explosion.

En voyant la fumée qui s'élevait de la mairie, la mère comprit. Elle s'effondra en pleurant. Les enfants étaient sous le choc de l'explosion, sans comprendre ce qui venait de se passer. La vieille dame sut, et ne cilla pas, le regard dans le vide. Elle avait beau se rassurer, jamais elle ne pourrait s'enlever l'image de ce père qui lui avait laissé sa place.

À quelques rues, Matthieu jubilait. Plus précisément, son visage montrait un choc, mais à l'intérieur de lui, son cœur battait à tout rompre, de joie. Il essaya de joindre son équipe, seule Jade ne répondait pas. Il gardait espoir, elle faisait sûrement profil bas.

Il rejoignit son groupe, faussement indigné par l'événement, mais personne ne vit Jade arriver. Alors ils comprirent. Elle n'avait pas pu sortir.

Le soir, dans leur tanière, ils portèrent un hommage à leur membre disparut. Matthieu porta un toast.

— À Jade, qui s'est sacrifiée pour le bien de notre cause. Elle aura porté nos valeurs jusqu'au bout. Tous, ici, nous sommes certains que dans cette mairie, elle est restée droite, fière du devoir accomplit, et que son sacrifice était utile à notre cause. Elle en avait conscience. J'espère qu'elle a également conscience qu'elle est devenue plus qu'un exemple pour chacun d'entre nous.

Matthieu leva son verre et le but d'un coup, rapidement suivit par ses compagnons. Il était persuadé de la véracité de tout ce qu'il avançait dans son toast, alors même qu'il n'avait été témoin de rien.

Ils s'octroyèrent la soirée pour honorer Jade et ses actes avant de préparer leur nouveau coup. Déjà, on parlait d'eux partout, bientôt, ils seraient un traumatisme.

CHAPITRE 2
Pierogis

Quelques mètres séparaient le travail de Howard et l'arrêt de bus. Le soleil se couchait sur la ville, offrant des reflets de feu dans chaque rue. Les nuages s'étalaient, comme soufflés par la chaleur du soleil couchant.

Il avait assisté à l'attentat de samedi. Heureusement pour lui, il avait déjà dépassé la mairie au moment de l'explosion. Penser qu'il était dans le cortège, si près du lieu de l'explosion, et qu'il s'en est sorti grâce à la chance, ou au hasard, le fit frissonner. Maintenant, tout était propice à la comparaison avec cet événement, comme ce ciel.

Son bus arriva et il s'installa au fond. Il soupira et se frotta le visage. Travailler dans une usine automobile n'était pas son rêve. Certes, il aimait bien les voitures, et en concevoir les prototypes lui aurait convenu ; mais il aurait préféré être plus utile. Il n'avait pas vraiment de métier en tête, de toute façon, ce serait inutile. Depuis plusieurs générations, sa famille voyage. Son grand-père, dont il tient le prénom, a quitté la Pologne enfant pour s'installer aux États-Unis.

Mais ses parents ont fait le choix de revenir en Europe, en France.

Alors sans attache solide, il ne pouvait malheureusement espérer mieux que l'usine. Et cela le désespérait. Il n'avait pas d'accent, juste un nom aux consonances de l'Est : Tomczak. Ça, et le fait de ne pas être sédentarisé lui fermait des portes. Et il se rendait compte que parfois, même les plus ancrés dans un pays n'ont pas plus d'opportunités que lui.

Et dans son désespoir, il se demandait si cela valait vraiment la peine de chercher plus haut. Après tout, peut-être que ses enfants allaient migrer eux aussi.

Il enfouit tout cela au plus profond de lui et se décontracta. Il avait une petite soirée avec quelques membres de l'Organisation. Ils allaient sûrement reparler de samedi, de la manifestation, de l'attentat, puis ils referont le monde, comme à leur habitude.

L'Organisation était une réunion de personnes avec pour but de formuler des contestations et de représenter le plus grand nombre pour l'égalité. Leurs actions passaient en partie par les manifestations.

Le bus s'arrêta, ouvrit ses portes et Howard descendit. Il arriva devant son immeuble, ouvrit la porte, monta dans l'ascenseur et entra dans son appartement. Une bonne odeur de pâte et de pomme de terre lui parvint aux narines. Son jeune fils jouait sur une console portable, tandis que sa fille était dans sa chambre.

Il entra dans la cuisine pour embrasser sa femme Halina, et distingua une autre silhouette un peu plus loin. Il fut d'abord surpris, puis il la reconnut. C'était Claire, une de ses amies de l'Organisation. Il la salua également.

— Tu es déjà là ? questionna Howard.

— Comme tu peux le voir. Va vite te préparer.

Howard fila jusqu'à la salle de bain et sa femme cria :

— J'ai préparé des pierogis ! Ça fera un peu cliché, mais c'est trop bon !

Elle ponctua sa phrase en avalant un des petits raviolis à la viande et à la pomme de terre et hocha la tête.

— Tu veux venir avec nous ? lui demanda Claire.

— Non, il faut que je garde les deux sauvages, dit-elle en désignant ses enfants. Et puis cette Organisation, ça ne m'intéresse pas. Ces contestations, cette envie du toujours plus… Je le vois comme ça, en tout cas. Mais je ne dis pas que c'est mal !

Elle essaya de se rattraper en tendant un pierogi. Claire croqua dedans et écarquilla les yeux. Ils étaient vraiment bons.

Elles débattirent sur l'Organisation durant une dizaine de minutes, concluant que c'était dangereux, surtout après l'attentat, mais nécessaire ; puis Howard se présenta, en chemise.

— C'est bon, je suis prêt, on peut y aller.

Ses cheveux étaient encore humides et il émanait de lui une odeur de gel douche et de parfum boisé. Il salua ses enfants, sa femme, et ouvrit la porte pour sortir.

— Tu oublies quelque chose, je crois, le stoppa sa femme.
— Eh bien… encore un bisou ? hésita-t-il.
— Non ! Les pierogis !

Howard en prit une partie pour en laisser à sa famille et remercia sa femme. Sur le chemin, il en goûta un. Ils montèrent dans la voiture de Claire et se dirigèrent chez un de leur ami. Il vivait dans une petite maison en bordure de centre-ville où étaient garée une dizaine d'autres de véhicules.

Un homme un peu bedonnant les accueillit en écartant les bras. C'était Dominique, un membre de l'Organisation. Il se mit entre eux deux, les prit par les épaules et les guida jusqu'à la cour arrière. Tout le monde était déjà avec un verre à la main, discutant dans un brouhaha incompréhensible pour les deux arrivants.

— Nous voilà tous au complet ! Je vous sers quelque chose ? Ne dites rien, je vais essayer de deviner.

Et Dominique disparut, revenant quelques minutes plus tard avec deux boissons. Howard et Claire s'avancèrent vers des visages familiers et engagèrent la conversation. Les pierogis furent avalés en moins d'une heure.

Comme Howard l'avait prédit, les conversations tournèrent autour de trois sujets : l'attentat, les manifestations, un monde meilleur. Concernant l'attentat, certains avancèrent que c'était un certain Matthieu, membre de l'Organisation, qui l'avait organisé. Rien n'était sûr pour le moment, et personne ne l'avait revendiqué.

Howard se demandait comment il était possible de revendiquer une telle chose.

Howard et Claire aimaient bien ces petites soirées avec leurs compagnons d'idéaux. Cela leur permettait de se sentir soutenus, appartenir à un groupe, décompresser de la vie de tous les jours et se dire que, peut-être, tout ira mieux. Mais le chemin était encore long.

Ils rentrèrent tard dans la nuit, ou tôt le matin, pour retrouver leur vie à eux. Howard rentrerait chez lui, avec sa famille, tandis que Claire retrouverait son appartement, vide. Contrairement à Howard, sa seule famille était ses parents. Elle se disait souvent que ce n'était pas un drame, elle avait une petite dizaine d'années de moins que lui, et à trente ans elle pouvait encore vouloir son indépendance complète. Elle n'était pas souvent chez elle, elle avait un travail et des amis. Alors, il n'y avait que l'alcool qui pouvait lui procurer de telles pensées. Elle conclut cette discussion intérieure en s'effondrant sur son lit.

CHAPITRE 3
Repas

Claire frappa son réveil. Elle ouvrit les yeux et une barre dans le front l'assomma. Elle regretta d'avoir un peu trop bu la veille.

Elle se leva difficilement, tituba jusqu'à la salle d'eau et prit une douche. Une fois rapidement maquillée et coiffée, elle enfila un manteau au-dessus de son uniforme de travail et rejoignit sa voiture.

Elle était serveuse dans un petit restaurant chic, appelé Au Cou Vert, depuis près de trois ans. C'était un établissement de centre-ville, au pied d'un immeuble haussmannien, juste en face d'un grand carrefour.

Le patron était un homme aux cheveux gris, souvent sous pression. Claire ne savait pas si c'était l'âge — sa petite soixantaine — ou ses émotions trop fortes qui l'avait décoloré à ce point.

— Ah, Claire, vous voilà. Tenez-vous prête, ce midi, nous recevons quelqu'un de très important.

Il termina sa phrase avec un regard complice. Il leur arrivait très souvent de recevoir des gens fortunés, mais cela ne les rendait pas plus importants que les autres. Même si son patron aimait mettre les formes en recevant ces gens-là, il savait reconnaître quelqu'un de *véritablement* important. Le prestige de ce client ne relevait pas du ministre, probablement juste en dessous.

Sinon le restaurant aurait été privatisé, ironisa Claire.

Elle servit, avec un sourire de façade, les clients qui s'agglutinaient dans leurs costumes trois pièces ou leurs tailleurs, alors qu'un groupe poussa la porte. L'homme au centre retira son couvre-chef, une casquette noire avec des broderies d'or.

Ainsi, c'était lui, le client important. Le préfet de police. Une situation compliquée en ce moment, à cause des manifestations. Mais cela ne l'empêchait pas de venir se goinfrer ici, avec ses faux amis, l'accompagnant pour espérer repartir avec un nouveau poste ou une augmentation.

Le patron donna un coup de coude dans le bras de Claire et désigna le préfet du menton, puis lui mima un sourire. Elle passa un coup rapide sur sa jupe, inspira, et se dirigea vers les nouveaux venus.

Ce n'était pas pour elle qu'elle affichait ce sourire en saluant le groupe. Si cela ne tenait qu'à elle, elle le verrait comme la plupart des autres clients, hautain et irrespectueux. Mais elle faisait ça pour son patron. Son restaurant avait une certaine réputation, cela se percevait par la clientèle qui s'y pressait chaque jour, et elle ne souhaitait pas lui faire défaut. Ce n'était pas le meilleur des bons samaritains, mais il avait bâti son restaurant seul, et savait se montrer généreux. Cependant, il restait un patron.

Elle installa le préfet et ses collègues à la meilleure table et leur tendit la carte des menus. Dehors, un journaliste essayait de s'infiltrer. Elle l'ignora, ce n'était pas le premier à profiter de ces moments pour espérer décrocher un mot.

L'un des hommes à la table rendit immédiatement le menu.

— Je vais prendre la même chose que d'habitude, merci.

Claire n'avait aucune chance de savoir ce que ça pouvait bien être. Elle n'était pas là vingt-quatre heures sur vingt-quatre, elle ne connaissait pas tous les clients, et quand bien même ce serait le cas, elle ne pourrait jamais retenir ce que chacun veux.

Rester professionnelle.

Elle se répétait cette phrase en boucle dans sa tête en fixant l'homme. Elle ne pouvait rien dire, et de toute façon elle ne voulait pas lui parler. Elle détestait ce genre de type. En plus, il avait directement tourné la tête pour reprendre sa conversation.

Elle inspira pour parler quand le préfet la devança.

— Enfin, Christian, comment est-ce que mademoiselle pourrait savoir ça ? (il s'adressa à Claire) Excusez-le, il va reprendre la carte et réfléchir un peu plus longuement.

Il accentua sur la fin avec un regard appuyé en tendant son menu. Le dénommé Christian arrêta sa conversation et feuilleta la carte. Puis le préfet reprit :

— Je suis Jean Baitaye, le préfet de police de Paris. Et vous, mademoiselle ?

— C'est madame, sourit-elle en tendant une nouvelle carte des menus.

Puis elle s'éloigna. Il n'y avait pas de madame, mais c'était une solution pour s'en débarrasser sans froisser personne. Au loin, elle entendit un des amis du préfet rire :

— Et ta femme, Jean, t'en fais quoi ?

— Laisse, il ne s'est rien passé, ça ne compte pas, répondit le préfet en riant.

Pendant une heure et demie, elle s'occupa d'eux, avec quelques autres clients, en discutant avec ses collègues, faisant un rapport sur la satisfaction du préfet à son patron ; puis ils partirent en les remerciant pour ce bon repas.

Le préfet jeta un dernier regard à Claire puis partit avec ses amis. Il avait autre chose à faire que de se pavaner ici, pensa Claire. Les gens manifestaient, chaque semaine ils étaient dehors, et maintenant, en plus des CRS qui tiraient à vue, il fallait se méfier des attentats. Il avait du travail, au lieu de faire le coq ici.

Claire termina son service au milieu de l'après-midi. Son patron la remercia pour s'être parfaitement occupée du préfet, et elle salua ses collègues.

Ce n'était pas son rêve, servir dans un restaurant luxueux. C'était toujours mieux que dans un endroit miteux ou faire le service dans un fast-food ; mais ce travail lui convenait, pour le moment. Elles avaient des horaires qui l'arrangeaient, le salaire lui permettait de vivre confortablement au cœur de la capitale, et le travail en lui-même n'était pas une souffrance.

Une fois chez elle, elle alluma la télévision qui diffusa directement les informations. Un nouvel attentat avait eu lieu, à l'instant même, et avait été revendiqué au moment des faits. Ce n'était pas une organisation terroriste étrangère à la France qui en était à l'origine. C'était des membres extrémistes de l'Organisation qui « répondait à la violence par la violence ».

Cela portait un coup dur à l'image de l'Organisation. Elle rassemblait tout le monde, peu importe le bord politique, avec pour unique but de faire changer les choses. Les manifestations qu'elle organisait étaient le plus souvent pacifistes, même si parfois quelques casseurs se mélangeaient aux vraies revendications.

En revanche, on ne connaissait pas les auteurs de « L'attentat du Palais de Justice ». C'était le même mode opératoire, une bombe placée discrètement dans un lieu plus ou moins public avec un symbole fort, dans ce cas-là c'était le Palais de Justice. D'après eux, les terroristes ne visaient pas les civils, uniquement les représentants d'une quelconque autorité.

Claire apprit que le préfet de police allait prendre la parole le lendemain.

Enfin, il lui faut un deuxième attentat pour qu'il l'ouvre.

Et alors elle craignit que ce préfet ne détourne l'attention sur les attentats pour calmer les manifestations. Elle se rendit compte qu'en manifestant pacifiquement, le préfet n'avait pas prit une seule fois la parole. Et maintenant que la violence était utilisée, il parlait. Peut-être que la violence seule pouvait faire avancer les choses. Claire frissonna à cette idée, il y avait forcément un autre moyen de changer le monde.

Son téléphone vibra, elle venait de recevoir un e-mail. Le président de l'Organisation avait envoyé un message groupé aux membres, indiquant qu'ils n'étaient en rien liés à ces actes et qu'ils n'en connaissaient pas les auteurs.

Claire débattit toute la soirée dans sa tête sur l'utilité de la violence, peinant à s'endormir. Il devait sûrement y avoir un juste-milieu, elle en était certaine.

CHAPITRE 4
Discours

— Mesdames et messieurs, Françaises, Français. En ce jour de deuil national du 13 octobre 2034, moi, préfet de police de Paris, je prends la parole devant vous pour la première fois depuis le début des contestations. Le gouvernement et moi-même entendons vos protestations. Sachez bien que les membres de l'exécutif s'attellent à rétablir la situation à la normale et à satisfaire chacun d'entre vous.

» Pour bien saisir notre problème, prenons-le à la source. Nos parents et grands-parents, il y a de ça près de quinze ans, souhaitaient le changement. Le gouvernement le leur a donné. Aujourd'hui, vous le demandez encore. Quelque chose ne va pas, cela est certain. Mais vous conviendrez que ce n'est pas en utilisant la violence que nous parviendrons à quelque chose de meilleur.

» Car ces attentats, mesdames et messieurs, ont été commis par des barbares ! Nous nous devons de condamner ces actes, car rien, dans ce qui a été commis, n'est pardonnable. De quel droit pouvons-nous tuer des gens pour revendiquer quelque chose ? (il marqua un temps de silence) De quel droit ? Ils ont arraché des parents, des grands-parents, des enfants, des frères, des sœurs, des maris, des femmes à leurs familles.

» Un État de droit comme le nôtre écoute chacun d'entre vous, sans distinction, sans jugement, pour éviter de tels débordements ! Je vous annonce donc l'ouverture de la traque aux ennemis de notre nation. Chacun devrait avoir le droit, et j'oserais dire le devoir, de crier ses opinions dans la rue sans se mettre en danger. Mais au contraire, toutes et tous avons l'interdiction absolue de condamner un mode de pensée et d'imposer le sien.

» Ainsi donc, les forces de police que j'ai l'honneur de diriger chasseront nos fruits pourris pour sauver l'arbre qu'est notre pays ! Et j'appelle chacun d'entre vous à aider nos forces de l'ordre et de maintien de la paix et de la liberté. Plus que jamais, nous avons besoin d'eux, alors aidons-les à trouver les coupables avant que d'autres innocents soient à nouveau arrachés à la vie. L'unité nationale doit être au plus haute. Tous unis contre la haine. Elle n'a pas la place dans notre pays.

» Lorsque nous aurons trouvé les coupables, car nous les trouverons, ensemble, je formule une demande spéciale. Nous avons tous en mémoire l'héroïsme et la détermination de monsieur Badinter qui, en 1981, a permit d'abolir la peine de mort. Mais nous nous souvenons également du sort réservé aux déserteurs de l'armée, pendant les guerres passées, qui refusaient de défendre leur pays par lâcheté. Ces terroristes sont des lâches. C'est pourquoi, pour eux, je ne demande qu'une seule chose. (il marqua un nouveau silence) La peine de mort. Ce sont nos ennemis ! Dans un organisme vivant, quand les défenses immunitaires rencontrent une bactérie ou un virus dangereux, ils tuent ! Car c'est le premier qui tue qui survit ! Si nous les laissons faire, c'est la France elle-même qui sera blessée à mort, agonisante, abandonnée par son peuple ! Et aucune personne censée ne souhaite pareille destinée.

» Soyez conscient que cette demande m'en coûte, et va contre mes idéaux et mes principes. Mais je considère la France comme ma mère, et chacun d'entre vous comme ma famille. Et mon honneur m'oblige à défendre ma famille.

» Ne restez pas passifs, Françaises, Français, et aidez-nous à trouver les assassins de notre pays ! Ensemble, nous relèverons la France ! Ensemble, nous rétablirons la justice ! Faites-le pour les victimes du barbarisme, du fruit pourrit de notre société ! Faites-le pour vous ! Pour vos familles ! Pour la France !

Le préfet termina son discours en levant les bras, comme pour une grande accolade, remercia les téléspectateurs et sortit du cadre. L'hymne national retentit dans les salons de tout le pays.

Howard avait reçu Claire pour parler des événements récents et regarder le discours du préfet. La diversion était faite, les manifestations se calmeraient. Le préfet avait forgé un ennemi commun, détournant le regard des contestations vers l'infamie de la haine.

Bien sûr qu'il fallait condamner ces actes, mais il ne fallait en aucun cas déclarer l'état d'urgence. Démasquer et condamner les auteurs des attentats était primordial, mais cela ne devait pas occulter les autres problèmes. La véritable gangrène du monde était le fascisme, et plus largement toute forme d'extrémisme. Mais au même titre que la gangrène n'est pas la seule maladie, il y avait une pléthore d'autres problèmes.

— Je l'ai vu hier, au restaurant, le préfet, annonça Claire. Il avait l'air heureux.

— Alors même qu'il y avait eu un attentat ? s'étonna Howard.

— Non, il n'avait pas encore eu lieu. Mais ça n'enlève rien au fait qu'il y en avait déjà eu un le week-end avant, et que les manifestations rassemblaient toujours plus de monde.

— Peut-être a-t-il un lien avec les attentats…, supposa Howard.

— Non, je ne pense pas. En revanche, il prépare un coup, il veut profiter de ça, c'est sûr.

— Ou peut-être qu'on découvrira une véritable unité nationale, on retrouvera les terroristes, ils seront jugés sans peine de mort, et nos contestations seront entendues.

Claire pouffa.

— Bien sûr, et les CRS auront des matraques en mousse, aussi.

— Howard, je vais peut-être me répéter, mais c'est dangereux, votre Organisation, déclara Halina, la femme d'Howard.

— Mais non, pas plus que d'habitude, ne t'en fais pas.

— Oh si, je m'en fais. Maintenant, tous les membres de l'Organisation seront suspects, et il y a un risque de mort dans les manifestations, opposa Halina.

— Elle a raison, Howard, appuya Claire. Surtout que… comment dire ? Vous êtes d'origine polonaise… enfin, vous n'êtes pas français depuis longtemps…

— Je sais pas dire une phrase complète en polonais, et c'est pareil pour toi Halina ! En plus, on n'a aucun accent. Non, je pense que, certes, Jean Baitaye y est allé un peu fort, mais après cette histoire on sera un peu plus unis, les gens découvriront la cuisine polonaise et finiront par tous s'aimer.

La fin de sa phrase était ironique, mais au fond il espérait que tout le monde sortirait grandit de cette histoire.

Ils s'accordèrent sur le fait que le préfet était un extrémiste tirant partit de la situation, et que l'Organisation continuerait les manifestations, au grand dam de Halina.

CHAPITRE 5
Suspicion

C'était un après-midi pluvieux. La foule était beaucoup moins nombreuses que les précédentes semaines pour la manifestation. Certains avaient peur des attentats, d'autres ne voulaient pas être mêlés à ces histoires, d'autres encore ne voulaient plus contester et se sentaient galvanisés par le discours du préfet.

Depuis l'annonce, aucun attentat n'avait eu lieu. Matthieu regardait les images des chaînes d'informations. Le pays plongeait dans la peur. Son plan allait plus loin qu'une série d'explosions. À vrai dire, il commençait à y prendre goût. Planifier une attaque, se rendre sur les lieux, essayer d'être le plus discret possible. Passer à l'action, se reposer sur la confiance portée aux autres, attendre le bon moment et regarder les résultats de son « œuvre » en direct. Cela le fascinait.

S'il pouvait se parler à lui petit, dire qu'il avait tout ce pouvoir et qu'on lui portait de l'attention, il n'y croirait pas. Matthieu, plus petit que les autres, moins intelligents, moins fort, comme lui répétaient ses parents. Voilà maintenant qu'il jouait une partie d'échec géante contre une source d'autorité.

Mais l'adversaire ne lui convenait pas. Un préfet de police, sérieusement ? Il voulait affronter le président. Les idées se bousculaient dans sa tête, il jubilait et en même temps, il était inquiet. Il devait pousser ses actes plus loin. Mais son père, celui qu'il voulait tant rendre fier, le serait-il ?

Aucun doute. S'il savait que c'est moi qui sème la terreur dans tout le pays, il serait fier de moi.

Ou pas. Il s'arrêta sur ce qu'il venait de penser. Pour l'instant, il n'avait attaqué que la capitale. Mais l'Organisation, elle, rayonnait sur tout le territoire. Alors il fallait continuer, étendre son réseau. Il était persuadé que d'autres reprendrait le flambeau ailleurs, dans d'autres villes. Des fous comme lui.

Non, je ne suis pas fou. Je veux faire avancer les choses, et ce n'est pas le président Fouair de l'Organisation qui le fera.

Non, il avait trop d'idées pacifistes. Pour Fouair, Gandhi était un véritable révolutionnaire. Matthieu, lui, se voyait plus comme un leader prêt à prendre des décisions difficiles pour satisfaire les demandes de son peuple.

Son peuple. Cette idée lui plaisait. Il ferma les yeux et s'imagina à la tête du pays, en sauveur, après avoir conduit une révolution. Mais l'image de son père surgit dans sa mémoire. Il devait se concentrer.

Et alors, ce qu'il espérait arriva. La présentatrice prit un air grave et annonça un attentat similaire à ceux vécu dans la capitale. Celui-là était à Lyon.

Matthieu dissimula sa joie. Les morts ne l'atteignaient même pas. C'était une victoire pour lui, il venait d'instaurer un nouveau mouvement. Sa plus grande frustration était de ne pas pouvoir le crier haut et fort. Pour le moment.

Le président Fouair organisa une petite réunion placée sous le signe de la détente. Matthieu s'y rendit avec deux de ses collègues d'attentat.

Il repéra Howard et Claire qui discutèrent avec le président, et les rejoignit.

— Tiens, salut Matthieu. On ne te vois plus trop aux manifestations, salua Howard.

Matthieu était impatient d'entendre parler des attentats. Mais là, il devait faire profil bas. Fouair s'éloigna.

— C'est toute cette histoire d'attentat, on est des cibles privilégiées.

— Oui, d'ailleurs certains disent que tu serais derrière tout ça, lança Claire.

— Qui dis ça ? répondit immédiatement Matthieu.

Il était partagé entre le plaisir d'entendre ça et la peur d'être découvert. La peine de mort, ce n'était pas son truc.

— Ce sont des bruits de couloirs, c'est tout, calma Claire en vidant son verre.

— Tu as quelque chose à te reprocher ? s'amusa Howard.

— Vas savoir, répondit Matthieu sur le même ton.

Howard lui donna une tape sur l'épaule.

S'il savait.

— Vous en pensez quoi, vous, de tout ça ? demanda Matthieu.

Claire le regarda, suspicieuse, sans rien dire. Howard prit la parole :

— C'est vraiment pas une bonne idée de faire ça. Avec Claire, on est d'accord pour dire que la violence ne résoudra pas nos problèmes. N'est-ce pas, Claire ?

Celle-ci acquiesça tout en fixant Matthieu.

— Donc pour vous, il faut continuer de faire comme le président Fouair ? Il faut marcher, brandir des banderoles, se faire frapper dessus et continuer, continuer ? Alors que là, avec ces bombes, ils ont enfin parlé ! On va avoir ce qu'on demande !

Howard se recula.

— Eh, calme-toi, mon gars. Nos méthodes prennent peut-être plus de temps, mais il vaut mieux sacrifier du temps que des gens, non ?

Matthieu détendit son visage, hocha les épaules, comme s'il réfléchissait à la question, et partit avec ses amis. Il avait été un peu loin, là. Et Claire, qui n'arrêtait pas de le regarder. Elle devait se douter de quelque chose.

Effectivement, elle prit Howard à partie.

— C'est lui.

— De quoi ?

— C'est lui qui fait les attentats. Les rumeurs disent vraies.

— Claire, attends, tu y vas un peu vite, là.

— Réfléchis, il représente l'extrémisme dans notre mouvement, il nous a directement parlé des attaques, et il avait une tête de fou quand il se justifiait !

Howard laissa passer quelques secondes.

— Tu ne l'aimes pas, n'est-ce pas ?

— Non, pas trop, mais il m'inquiète. Il n'est pas normal.

— Et ça suffit à le rendre coupable ?

Claire renifla.

— Non, tu as raison. Je lui accorde le bénéfice du doute. Mais j'ai un très mauvais pressentiment vis à vis de lui.

— Je sais, mais seul le temps nous dira si tu avais raison ou pas.

— Tu sais bien que j'ai raison. Et plus on attend, plus il y a de risques d'attentats, donc de mort. Ça se répand sur toute la France !

Howard la rassura comme il put et la ramena vers la foule. Matthieu agissait bizarrement, c'est vrai, toujours collé par ses amis, comme si c'était un autre groupe à l'intérieur du leur. Ce n'était pas dans le genre de Howard que de juger les gens comme cela, mais Claire lui avait mis le doute. Il y avait peu de chance que ce soit lui, il était trop connu, les accusations se portent directement sur lui. Il était fort probable que Claire puisse se tromper.

CHAPITRE 6
Agenda

Le préfet retourna déjeuner Au Cou Vert. Il fut une nouvelle fois servi par Claire. Il arborait une mine décontractée, bien qu'il semblait plus droit que d'habitude. C'était probablement une attitude qu'il arborait pour coller à son discours. Au moment de partir, il s'adressa à Claire :

— Vous pourriez vous joindre à notre table, un jour ? Quand est-ce que vous êtes libre la semaine prochaine ?

— Mardi, mais ce sera sans façon, répondit-elle avec un sourire. Vous avez beaucoup à faire, n'est-ce pas ?

— Effectivement, mon métier prend sens dans des moments comme ceux-là. Avez-vous regardé mon discours ?

— Oui, il était… intéressant.

Elle conclut la discussion en retournant à son travail.

Matthieu avait réuni son équipe dans leur QG. En réalité, ce n'était que sa cave, mais il aimait s'imaginer chef d'une organisation secrète. Cette réunion résultait d'une de ses décisions. Il avait une nouvelle cible : le préfet Jean Baitaye. Le tuer enverrait un message fort. Il serait dans un autre niveau. Et peut-être que plus de personnes, à travers tout le pays, oseraient protester de la même manière. L'un des membres tourna son ordinateur vers Matthieu.

— On a réussi à pirater l'agenda en ligne du préfet. Le seul moment où il est vulnérable, c'est pendant sa pause déjeuner. Autrement, il est bien entouré.

— Parfait, on l'attrapera à ce moment-là.

— Justement, avant on ne savait ni où et quand il sortait manger. Maintenant…

Il laissa un peu de suspense, le temps d'arriver sur la page intéressante.

— Mardi prochain. Au restaurant Au Cou Vert. À midi.

Matthieu exultait. Ils le tenaient enfin, vulnérable.

— Très bien. On piège le restaurant et on fait tout péter quand il mange.

— Juste une petite chose, Matthieu. Une des membres de l'Organisation travaille là-bas. Claire, je crois.

— Tant pis, si elle meurt on sera peut-être différencié de l'Organisation. Et on existera à part entière.

Le jeune homme à l'ordinateur déglutit.

— Il y a un problème ?

— Non, non. Tout va bien.

— Tant mieux. Très bien, vous savez tous ce que vous avez à faire. Et pas un mot à Claire !

Ils préparèrent la théorie pendant une grande partie de la nuit puis se séparèrent.

C'était le week-end. Howard profitait de ces deux jours avec sa famille. L'état d'urgence avait été proclamé, les manifestations interdites.

Quelqu'un sonna. Howard décrocha l'interphone, salua le visiteur et le fit monter. En ouvrant, il vit Matthieu, arborant un grand sourire.

— Alors, qu'est-ce qui t'amène ici ?

— Je voulais te parler un peu. J'aimerais connaître tes opinions, sans qu'il n'y est Claire pour intervenir.

— Oui, tu veux entrer ?

— Non, allons faire un tour.

— Eh bien, c'est que…

Devant le regard insistant de Matthieu, Howard accepta.

— Bon d'accord, je reviens.

Cinq minutes plus tard, ils marchaient côte à côte. Howard avait dû calmer sa femme, lui promettant de revenir rapidement.

— Alors, de quoi voulais-tu parler ?

— Que penses-tu vraiment des attentats ?

— Oh, encore ce sujet. Je t'ai déjà répondu, Matthieu.

— Non, je veux une réponse honnête. Tu trouves que ça fait avancer les choses, et que la fin justifie les moyens, je ne me trompe pas ?

Howard hésita.

— Oui, c'est vrai que ça permet d'avancer, mais…

— Et si tu essayais de rentrer en contact avec eux. Je veux dire, tu es intelligent, peut-être que tu pourrais les aider.

— Non, non et non. Je ne suis pas un meurtrier.

— Howard, ce serait pour sauver des centaines, des milliers d'autres vies. Ou sinon, tu peux tout simplement essayer de les convaincre de changer de méthode.
— Tu as peut-être raison. Mais je ne veux pas être associé à eux.
— C'est sûr qu'ils ont mauvaise réputation. Réfléchis à tout ce que ça entraîne, pèse le pour et le contre, et dis-moi ce que tu en penses vraiment.

Howard leva les yeux au ciel et s'interrogea lui-même avant de répondre.

— Bon, il est vrai que la violence semble être la seule manière de faire avancer les choses. Ces attentats permettent de faire entendre notre cause, et les réactions du pouvoir ont été plus rapide après ça. Mais en revanche, la mort des gens ne peut être utilisée sous aucun prétexte. Ces actes sont odieux et malheureux. Ces extrémistes devraient trouver d'autres moyens de pression, sans mettre en danger personne. Trop de sang a déjà coulé. C'est ce que je pense, et j'en reste là.
— C'est un point de vue intéressant.
— C'était bizarre comme discussion, Matthieu.

Ils marchèrent encore un peu, puis Howard rentra chez lui. Claire avait peut-être raison. Il était vraiment dérangé.

De son côté, Matthieu, une main dans la poche, coupa son dictaphone. Une fois chez lui, il coupa les passages non-importants pour en garder ce qui lui sera utile. Et il réécouta.

— Il est vrai que la violence semble être la seule manière de faire avancer les choses. Ces attentats permettent de faire entendre notre cause, et les réactions du pouvoir ont été plus rapide après ça.

La voix de Howard avait rempli la cave. Matthieu tenait son alibi.

CHAPITRE 7
Presque

Mardi arriva. Durant le week-end, le patron du Cou Vert avait reçu des réparateurs au restaurant, pour un contrôle d'amiante, disaient-ils. Étrange, il n'en avait jamais mis. Mais il opta pour la sécurité et laissa faire les ouvriers qui s'acharnaient aussi bien sur le plafond que sous le sol.

Jean Baitaye monta dans une voiture avec quelques-uns de ses amis et collègues. C'était l'heure du déjeuner, Au Cou Vert. Il commençait à prendre l'habitude de ce restaurant, qui servait de bons plats sans avoir de prix trop excessifs pour sa réputation.

La voiture noire s'arrêta à tous les feux rouges, et Jean pesta. Ils allaient être en retard, tout son agenda de l'après-midi allait être perturbé.

Matthieu attendait impatiemment, assit à un bar dans la rue voisine, avec un champ de vision parfait sur le restaurant. L'explosion aurait lieu à 12 heures 30. Il restait un peu plus d'un quart d'heure, et le préfet n'était toujours pas arrivé.

Le chauffeur pila au milieu d'une avenue, sans qu'il n'y ait de feu rouge ou de panneau. Jean se pencha.

— Mais que se passe-t-il enfin ?

— Je crois qu'il y a une manifestation imprévue, monsieur.

— Quoi ?!

Il sortit de sa voiture. Une marée humaine remontait l'avenue. Ils arboraient des banderoles de plusieurs couleurs, criait des slogans en cœur, un nuage de fumée jaune, rouge, blanche au-dessus d'eux.

— Ils n'ont pas l'autorisation de manifester ! (Jean s'adressa à ses amis, sortit eux aussi de la voiture) Tant pis pour le repas, il faut que je m'occupe de ça.

— Ne t'en fais pas, Jean. Réprime-les comme il se doit, plaisanta l'un d'entre eux.

Ils remontèrent dans la voiture, Jean téléphonant à tous ses contacts et préparant une contre-offensive.

Le téléphone de Matthieu sonna. L'un de ses membres prit la parole.

— Matthieu, c'est Jo. Il y a une manifestation surprise. Même nous, on n'était pas au courant ! Tim, qui suivait le préfet, l'a vu être bloqué par les manifestants. Il est reparti. Je crois qu'il ne viendra pas manger.

Matthieu suait. Il frappa la table du poing. D'où venait cette manifestation ? Qui l'avait organisé ? Il lui était impossible d'empêcher l'explosion sans se faire remarquer. Il regarda sa montre. Plus qu'une minute et trente secondes.

— Matthieu, on fait quoi, du coup ?
— Essayez de faire un accident avec la voiture du préfet, le restaurant va sauter, tant pis.

Matthieu parla sans intonation dans la voix. Un serveur s'approcha de lui. Il le regarda droit dans les yeux. Puis le restaurant sauta.

Le verre volait aux alentours, le souffle fit tomber les parasols fermés des terrasses, une partie de l'immeuble s'effondra et une immense colonne de fumée noire s'éleva dans le ciel. Tous ceux à l'intérieur étaient mort, pour sûr. Mais la cible était toujours en vie.

Le préfet était dans son bureau, hurlant dans son téléphone, s'énervant contre tout ce qui passait à portée de sa main.

— Monsieur le préfet, interpella une femme en tailleur qui rentrait dans le bureau.

Jean leva la main pour la faire patienter. Il raccrocha et jeta le téléphone.

— Quoi ?
— On a appris… il y a eu une explosion.
— Quand ?
— Il y a une dizaine de minutes à peine, à 12 heures 30.
— Où ?
— Au Cou Vert. Aucun survivant.

Jean devint tout blanc. La simple nouvelle de l'explosion l'avait abattu, mais maintenant il comprenait. Il avait été la cible de cet attentat. Et s'il n'y avait pas eu cette manifestation illégale, il y serait passé. Jean s'effondra sur son fauteuil.

— Renforcez les contrôles à la manifestation, je ne veux pas de débordements. Mais pas de violences non plus, compris ? ordonna-t-il calmement.

La femme s'en alla. Jean sentait que c'était la moindre des choses qu'il pouvait faire. Puis un coupable se dessina dans sa tête.

Claire et Howard avaient été mis au courant de la manifestation surprise organisée par Fouair. Il se voulait imprévisible, lui aussi. Cependant, aucun des deux n'avait voulu s'y joindre.

Puis ils avaient appris l'attentat Au Cou Vert. Claire se sentait chanceuse de ne pas avoir été là, mais en même temps, elle était perturbée. Puis son imagination fit son travail. Peut-être serait-elle la cible des accusations. Elle savait quand le préfet se rendrait au restaurant, et l'explosion avait eu lieu quand elle n'était pas là. Peut-être même que sa froideur lui porterait préjudice.

Howard essaya de la rassurer au mieux. Au moins, lui, il n'avait rien à se reprocher. Enfin, c'était ce qu'il pensait.

CHAPITRE 8
Accusation

Son visage était partout, sur tous les écrans, tous les sites internet. Claire était recherchée. C'était elle, le visage de la peur, de la mort, de la haine et de la violence. Celle qui avait mené le pays au stade où il en était.

Matthieu riait. Tout se déroulait mieux que prévu. Lui, il était hors de cause. En plus de ça, la peine de mort avait été acceptée, exceptionnellement. Elle ne pourra pas parler très longtemps. Tout aurait été parfait si le préfet avait été dans ce restaurant. Tant pis, il l'aurait un autre jour.

Mais Claire avait aussi certains alibis. Par exemple, sa présence était contestée sur les premiers attentats. Et c'est là que Matthieu entrait en jeu. Le visage de Howard allait lui aussi bientôt apparaître.

Claire était désespérée et cherchait du réconfort auprès de son ami polonais. Halina et les enfants n'étaient pas dans l'appartement à ce moment-là.

— Howard, tu as vu ? C'est ce que je craignais, ils m'accusent de tout !
— Claire, est-ce que tu as vraiment fait ça ? Est-ce que c'est toi ?
— Mais bien sûr que non ! Tu me connais, enfin.
— Bien, alors, dans le cas où tu serais innocente…
— Ça l'est.
— … tu devrais te rendre. Tu leur expliqueras qu'il y a erreur. Ne fuis pas, où tu serais coupable immédiatement.
— Howard, tu es trop idéaliste. Tu crois vraiment qu'ils vont m'interroger gentiment et me laisser repartir ? Tout le monde veut me lyncher, et je suis déjà coupable. Je n'ai même jamais été suspecte…

Soudain, la tête de Claire disparut de la télévision pour être remplacée par celle de Howard, suivit d'un enregistrement :
— Il est vrai que la violence semble être la seule manière de faire avancer les choses. Ces attentats permettent de faire entendre notre cause, et les réactions du pouvoir ont été plus rapide après ça.

La journaliste décrypta rapidement l'enregistrement :
— Nous avons un deuxième suspect, un certain Howard Tomczak. Cet enregistrement nous vient d'une source anonyme et fait écho aux attentats perpétrés depuis près de deux semaines. Ce suspect vient s'ajouter à Claire Balmeco, actuellement recherchée activement. De plus, on nous confirme que les deux individus sont proches, appartenant à l'Organisation…

Howard coupa la télévision. Lui aussi devenait coupable. Il ressentit ce que Claire vivait depuis quelques heures.

— Bien, et maintenant, Howard, peux-tu me dire si tu as quelque chose à voir avec tout ça ?

— Je ne comprend pas…

— Comme moi. Alors, tu veux toujours te rendre ?

Howard fouilla son esprit.

— Cette phrase. Je l'ai dit à Matthieu. Il voulait qu'on parle des événements. Il m'a enregistré !

— Je le savais ! cria Claire.

— Oui, on va se rendre et tout avouer.

— Oh non, Howard, personne ne nous croira. Nous n'avons aucune preuve, contrairement à lui. Écoute-moi. Le monde est loin d'être juste et égalitaire. Ils veulent des coupables, et ils les ont. Nous. Alors fuyons. Je te rappelle que c'est la peine de mort qui nous attend.

Howard semblait paniqué. Il repensa à sa femme et ses enfants. Qu'allaient-ils penser de lui maintenant ? Ils le verraient comme un individu dangereux et un menteur. S'ils fuyaient, leur culpabilité était avérée. Mais s'ils restaient, ils n'auraient pas plus de chances.

— Très bien, je te suis. Mais laisse moi rédiger un mot pour ma famille. Je veux qu'ils sachent que je les aime, et que je suis innocent.

Dix minutes plus tard, il laissa le mot sur la table du salon, puis ils quittèrent l'appartement, y laissant leurs vies, leurs espoirs, leurs craintes.

À peine avaient-ils quitté le quartier qu'un fourgon de gendarmes s'arrêta devant l'immeuble. Ils montèrent en formation vers l'appartement, frappèrent, mais personne n'ouvrit. Alors ils défoncèrent la porte.

L'appartement était vide. Les volets fermés les plongeaient dans l'obscurité. Seules les lampes sur les armes permettaient de découvrir l'endroit. L'une d'elles s'arrêta sur la table. Le commandant s'approcha et lut le mot qui y était déposé.

« Mes enfants, ma femme.

Je suis recherché pour quelque chose que je n'ai pas fait. Malheureusement, ce monde a du mal à faire machine arrière. Une fois que l'accusation a été prononcée, je resterais coupable pour toujours. C'est pourquoi j'ai décidé de fuir, avec Claire. Je vous assure que nous sommes innocents, mais rien ne pourra le prouver.

Ne m'en voulez pas. J'aurais aimé être à vos côtés plus longtemps. Prenez soin de votre mère, et toi Halina, rassure nos enfants, je ne suis pas un meurtrier.

J'espère que rien ne vous arrivera.

Je vous aime.

Howard »

Le commandant brûla lui-même la lettre. Ses ordres étaient d'arrêter les suspects, pas de ramener des pièces à convictions. Surtout quand elles peuvent proclamer l'innocence. Et en plus, on leur avait promis une belle prime si ils les attrapaient. Noël approche, il ne fallait pas que l'arrestation soit retardée, même si les fugitifs étaient en cavale.

Au moins, ils savaient qui c'était.

CHAPITRE 9
Course folle

L'unité d'intervention avait été relayée par les enquêteurs, qui fouillaient de fond en comble l'appartement de Howard. Sa femme et ses enfants avaient d'abord été arrêtés pour une possible complicité, pour être finalement considérés comme témoins.

L'escouade qui avait mené l'assaut poursuivait les fugitifs. On les avait repérés à bord d'une petite voiture grise, qui appartenait à Claire. Ils étaient encore dans le centre-ville.

Le chef d'escouade demanda le soutien d'un hélicoptère, pour toujours avoir un visuel sur la cible, ce qui fut accordé.

Claire roulait, perdue dans ses pensées, Howard à ses côtés. Elle cherchait à comprendre ce qui pouvait bien leur arriver, et comment s'en échapper. Mais tous les scénarios qu'elle pouvait imaginer se terminaient mal.

Au loin, il y eut le bruit sourd du battement de l'air par quelque chose de puissant. Puis celui d'un moteur. En regardant dans le rétroviseur, Claire vit un hélicoptère s'approcher de sa voiture.

Ils avaient le choix de fuir, quitter l'affluence de la route pour s'échapper de la ville, se perdre elle ne savait où ; ou se rendre, sortir de la voiture, les mains en l'air. Mais alors, tout ce qu'ils avaient fait n'aurait servit à rien. Leur culpabilité n'était plus à prouver ; au contraire, il fallait la renverser, mais c'était chose difficile.

Non, se rendre ne rimerait à rien. Il fallait fuir, gagner du temps. Matthieu, si c'était bien lui l'auteur des attentats, finirait bien par faire exploser un bâtiment, et alors ils pourraient avoir un soupçon d'innocence. Voilà, il fallait gagner du temps.

Howard, lui, remarqua plus que l'hélicoptère :

— On a deux voitures noires avec des gyrophares qui arrivent par-derrière.

Claire n'hésita pas plus longtemps. Elle braqua le volant vers la gauche et enfonça la pédale d'accélération. Elle quitta la longue file de voitures et grilla le feu, manquant percuter un chauffard et un piéton.

La flèche de son compteur ne faisait que monter. Howard était collé à son siège, agrippant la portière pour se rassurer.

Elle zigzaguait entre les voitures, klaxonnant les piétons aventureux qui osaient traverser devant elle. Malgré la vitesse, elle tenta d'en écraser aucun.

Derrière, les deux voitures continuaient de la poursuivre et gagnaient du terrain. L'hélicoptère était juste au-dessus. L'un des policiers à l'intérieur sortit un mégaphone.

— Rangez-vous sur le côté immédiatement, ou nous ouvrons le feu ! Dernier avertissement !

Claire l'ignora. Qu'ils tirent, de toute façon la mort les attendait à chaque tournant.

Elle changea de vitesse et continua d'accélérer. Et les premières balles fusèrent. Plusieurs touchèrent le bitume.

— Ils visent les roues ! cria Howard par-dessus le vrombissement du moteur.

Claire avait fait la même déduction. Alors elle changea de voie plus souvent. Les voitures noires étaient à quelques mètres d'eux.

— Ils ne nous tirent pas dessus directement, peut-être qu'ils veulent nous garder vivant ?! supposa Howard.

C'était possible, avisa Claire. Mais elle n'avait pas le temps de penser, d'autres voitures noires aux gyrophares tricolores avaient surgit de l'intersection en face et lui faisait barrage.

Quand la tension est à son comble, ce n'est pas toujours la meilleure décision qui est prise. Ni la plus simple. Claire s'approcha au maximum des voitures-barrages et appuya de toutes ses forces sur la pédale de frein tout en tirant sur le frein à main. Elle braqua à gauche.

Sa voiture pivota et glissa sur près de cinquante mètres, et son feu arrière toucha une voiture noire. Les deux poursuivants s'encastrèrent dans leurs collègues, tandis que Claire redémarra et remonta l'avenue en sens inverse.

En haut, dans l'hélicoptère, un des policiers commença à sortir son fusil de précision. Il ne tenait plus, il devait utiliser son arme et arrêter cette course-poursuite ridicule. Une balle dans la tête de la conductrice, et c'était fini.

Il commença à viser, mais son supérieur, l'homme au mégaphone, lui mit la main sur le bras et le baissa.

— Pas maintenant ! Elle est en contresens, ce serait trop dangereux ! hurla-t-il dans son casque.

Le tireur rumina et rangea son arme.

Claire tourna dans une petite ruelle, où elle espérait semer ses poursuivants. L'hélicoptère sera plus difficile. Soudain, entre deux poubelles surgit une silhouette humaine.

— Attention ! s'affola Howard.

Claire pilla brusquement, bousculant son passager. Grâce à sa ceinture de sécurité, il évita de passer à travers le pare-brise.

La silhouette leur faisait signe. Claire essaya de regarder plus précisément, sa vision était encore altérée par la conduite folle. Quant à Howard, il l'avait reconnu.

— C'est Matthieu ! Il nous fait signe !

— Howard, c'est un piège, c'est sûr !

Mais il sortait déjà. Matthieu leur faisait des signes, leur demandant de descendre.

— Howard, Claire, venez vite avant qu'ils ne vous retrouvent !

Claire jura en descendant de la voiture.

— Qu'est-ce que tu fais là !

— Je vous expliquerais après. Passez vite sous la trappe, là, d'où je viens, je vais vous aider.

Il sortit une boîte d'allumettes, ouvrit le réservoir et y lança une allumette allumée. Il courut se réfugier sous la trappe et la voiture explosa. L'hélicoptère arriva juste au moment de l'explosion.

— Suivez-moi, je vous emmène dans un endroit sûr, rassura Matthieu, en rebouchant la petite trappe. Elle conduit directement vers mon QG. Vous y serez en sécurité, le temps que ça se calme un peu.

— Attends, dit Claire. Pourquoi est-ce qu'on peut te faire confiance ? Et comment savais-tu qu'on emprunterait ce chemin ?

— Première réponse : parce que vous êtes dans un cas désespéré. Seconde réponse : votre course-poursuite était diffusée partout. Bon, soit vous avancez, soit vous ressortez. La rue doit être pleine de flics maintenant.

Claire se résolut à poursuivre le chemin miteux que leur offrait Matthieu. Au début, ils devaient se pencher, puis petit à petit ils purent se redresser à mesure que le chemin s'enfonçait dans le sol, éclairé par le téléphone de Matthieu.

— C'est quoi ce chemin ? demanda Claire.

— C'est un passage secret si mon QG est attaqué.

Le chemin remontait après moins d'un kilomètre de marche. Matthieu poussa une porte et ils arrivèrent dans une petite cave, avec un vieux canapé, un guéridon et un buffet.

— Voilà mon QG. Bon, c'est juste ma cave, mais c'est un endroit secret, je n'ai pas besoin de l'embellir.

Claire et Howard sondèrent tous les coins du regard. La cave devait faire quatre ou cinq mètres carrés tout au plus, et de la lumière s'infiltrait par quelques trous.

— Vous allez rester ici, je vous amènerais tout ce qu'il vous faut, ne vous en faites pas. Enfin, si vous voulez.

Claire et Howard se regardèrent. Ils n'avaient pas le choix.

— Ce sera parfait, merci Matthieu, dit Howard.

Il regrettait d'avoir eu des soupçons à son sujet. Peut-être que, finalement, c'était un type bien. Matthieu les salua une dernière fois, leur promettant de revenir avec de quoi rester ici pour quelques jours.

Claire s'assit sur le vieux canapé et essaya de se calmer. Son cœur battait toujours aussi fort. Howard la prit dans ses bras. Il sentait que la situation leur échappait, et que leur sort était scellé. Il ne savait pas si c'était l'espoir ou non, mais il acceptait l'éventuelle innocence de Matthieu. Tout était possible désormais.

CHAPITRE 10
Trahison

Matthieu remonta dans son appartement et éclata de rire en refermant la porte. Il tenait les deux personnes les plus dangereuses du pays ! Enfermées dans sa cave !

Il se jeta dans un fauteuil et essaya de calmer son fou rire. Quelle ironie ! Quel coup de maître ! Et ils lui faisaient confiance !

Il se félicita d'avoir réussi son plan à ce point. Le hasard avait bien fait les choses pour lui, il était sorti au même moment où la voiture arrivait. Il avait prévu de les aider plus tard, mais là, c'était encore mieux. Il avait même rangé toute sa cave, déplacé tout ce qui pouvait porter préjudice chez un de ses complices, prévoyant les événements. Ça lui avait prit tout un après-midi et beaucoup d'énergie pour l'homme frêle qu'il était.

Il soupira, sourit et regarda la télévision. Partout, on parlait de la disparition mystérieuse des deux fugitifs. La voiture brûlée avait été fouillée, et aucun corps retrouvé. La ville était fermée, pour les empêcher de fuir. S'ils étaient quelque part, l'étau se resserrerait obligatoirement sur eux.

Puis Matthieu saisit son téléphone et composa le 17. Une voix féminine engagea la conversation, et il annonça :

— Bonjour. Je tiens les deux fugitifs que vous recherchez. Ils sont dans ma cave.

— Monsieur, êtes-vous sûr de ce que vous avancez ? Beaucoup pensent les avoir vus, mais aucun témoignage n'est recevable.

— J'en suis sûr et certain. Claire Balmeco et Howard Tomczyak, dans MA cave.

Il étouffa son rire.

— Seriez-vous prêt à recevoir une visite des forces de l'ordre, et à subir des poursuites judiciaires si vous nous transmettez de fausses informations ?

— Je le suis, mademoiselle. Envoyez une patrouille, je les fais monter chez moi.

Plusieurs étages plus bas, dans la cave, Claire et Howard s'habituaient à leur nouvel environnement. Claire s'était calmée, et son instinct lui commanda de fouiller cette cave. Peut-être y avait-il d'autres passages secrets, ou des mystères. De toute façon, il fallait qu'elle s'occupe pour évacuer la tension et le stress. Howard, lui, restait dans son coin, la tête dans les mains.

Claire tira sur le lourd buffet. Derrière, se profilait une forme rouge. Elle se pencha pour l'attraper, mais arrêta sa main avant de l'effleurer. Elle craignait que ça soit ce qu'elle pensait.

— Howard, viens voir ! chuchota-t-elle.

— Pourquoi tu chuchotes ?

— Il a peut-être mis des micros, ce fou !

— Bon, qu'y a t-il ?

— Regarde derrière le buffet.

Howard se pencha, et il vit la forme rouge.

— C'est une bombe ! s'écria silencieusement Claire. C'est lui qui organise tout ça ! Il nous a piégé, il faut partir ! J'avais raison !

— Non, on se trompe peut-être, il faut mieux vérifier.

Howard effleura la bombe avant que Claire ne le repousse.

— Ne touche pas ! Tu as laissé tes empreintes dessus ! Non !

— Tu es trop parano, ce n'est peut-être pas une bombe.

— Howard, trop de choses vont dans ce sens. Toi, tu es un idéaliste, et tu crois qu'il va nous aider. Mais non, il a sûrement appelé la police, et je peux t'assurer que c'est lui qui orchestre tout !

La porte de la cave s'ouvrit et Claire sursauta. Matthieu s'engouffra.

— Venez vite, c'est dangereux ici. On va chez moi, vous prendrez des habits et je vous amène ailleurs.

Howard fit signe à Claire pour qu'elle se calme et lui fasse confiance. Malgré son instinct, elle fit confiance à Howard et suivit les deux hommes.

Ils arrivèrent dans un petit appartement peu entretenu. Ils choisirent effectivement des habits, Claire trouva étrange que Matthieu eut des vêtements de femme, et dix minutes plus tard, on frappa à la porte d'entrée.

— Cachez-vous dans la chambre, je vais voir qui c'est.

Matthieu s'éloigna. Claire regarda par la fenêtre. Bien trop haut pour espérer s'enfuir par là. Howard la regarda, inquiet. Puis la voix de Matthieu leur parvient. Il s'adressait à la personne à la porte, mais ils n'entendaient pas l'interlocuteur.

— …

— Oui, c'est bien moi.

— …

— Là, dans ma chambre. La porte du fond.

Cette fois, il n'y avait plus de doute. Claire regarda Howard, l'air de dire « je te l'avais bien dit, c'est un traître ». Mais elle n'avait plus la force de lui en vouloir. Ils se savaient perdus. L'instinct de survie et l'envie de se battre les avaient quitté. Seul un espoir résidait en Howard : celui que Matthieu leur vient en aide, ou que les bruits de pas ne soient pas pour eux. Mais cet espoir n'était rien de plus qu'une bougie en fin de vie dans une forêt par une nuit noire sans lune. Il pouvait encore mettre le feu à cette forêt, et sombrer dans la folie. Mais son inconscient souffla la petite flamme fragile. C'était terminé, il fallait se rendre à l'évidence.

Une botte fit voler la porte et cinq hommes armés braquèrent leurs armes sur les deux fugitifs. Claire et Howard se regardèrent et levèrent les bras. Derrière, Matthieu souriait à pleine dent. Ils se laissèrent menotter et transporter à l'arrière d'une voiture de police dans toute la ville.

CHAPITRE 11
L'heure du jugement

Deux jours plus tard, leur procès débuta. Un juge avait été dépêché sur l'affaire, et Claire et Howard avait reçu un avocat commis d'office pour eux deux. En réalité, il n'était là que pour la forme, car leur sort était déjà scellé.

Le procès se déroulait dans la plus grande salle possible, et pourtant elle était pleine. Tout un pan était réservé aux caméras de télévision du monde entier. Les terroristes déloyaux étaient enfin placés devant la justice.

Claire fut appelée la première à la barre. Ses parents étaient dans l'assistance, et sa mère pleurait beaucoup. Le juge l'assommait de questions :

— Étiez-vous sur les lieux lors de l'explosion de la mairie ?

— Non.

— Connaissiez-vous les poseurs de bombes ?

— Peut-être.

— Développez.

— Je les avait peut-être vu dans l'Organisation.

— Affirmez-vous avoir travaillé au restaurant Au Cou Vert avant son explosion ?

— Oui.

— Visiblement, vous n'étiez pas sur les lieux. Pourquoi ?

— C'était un jour où je ne travaillais pas.

— Drôle de coïncidence, vous ne trouvez pas ?

— Je n'ai aucune raison de détruire mon lieu de travail et de causer la mort de mon patron !

— Pourtant, c'est le préfet de police Jean Baitaye, ici présent, qui était visé. Vous aviez des contacts, tous les deux ?

— Je l'ai servi, lui et ses amis. Ça n'est jamais allé plus loin.

— Je lis dans le rapport, qu'il vous avait invité le jour de l'explosion dans votre restaurant. Vous avez refusé, et s'il n'y avait pas eu la manifestation surprise, il serait mort. Étrange…

La femme du préfet s'offusqua.

— D'ailleurs, monsieur le préfet, j'accepte votre invitation, dit Claire en souriant. On pourrait remettre les choses au clair.

— C'est trop tard, mademoiselle Balmeco ! hurla l'intéressé pour se faire entendre.

— S'il vous plaît, on se reprend ! calma le juge. Voici les faits : mademoiselle Claire Balmeco était froide avec monsieur le préfet de police. Elle a décliné son invitation. Elle savait que monsieur Baitaye serait au restaurant le jour de l'explosion, jour où elle ne travaillait pas. Mademoiselle Balmeco faisait partie de l'Organisation, qui a pour but de formuler des revendications sociales et de s'opposer parfois aux formes d'autorité, comme ce que représente monsieur Baitaye. Mademoiselle Balmeco, vous n'êtes pas invitée à répondre.

Le juge lui ordonna de retourner à sa place et appela Howard. Il lui soumit le même genre de questions, sous le regard attristé de sa femme et traumatisé de ses enfants. Le juge mentionna également l'enregistrement de son opinion sur les attentats, qu'ils réécoutèrent. Insidieusement, sa nationalité polonaise lui portait préjudice, tout comme le fait que Claire n'avait jamais voté, par choix. Elle jugeait les représentants politiques trop loin de ses attentes. Pour elle, ceux qui arrivaient au pouvoir allaient faire exactement les mêmes choses que les précédents, et rien ne changerait. L'idée du vote en lui-même, faire compter sa voix, était une bonne chose, mais il était mal appliqué. Les élections servaient à choisir quelqu'un qui n'aurait que le titre de représentant du peuple, mais qui travaillerait pour ses intérêts et des privilèges tout désignés. C'était choisir parmi une élite, et cela la dérangeait, ce n'était pas ça, la démocratie. Elle s'inspirait d'une phrase de Staline pour appuyer son opinion : ceux qui votent ne décident de rien, ce sont ceux qui les comptent qui décident de tout.

En outre, le jury semblait déjà avoir fait son choix. Malgré tout, Claire essaya de reporter les accusations sur Matthieu. C'était lui qui avait enregistré Howard, en lui faisant dire ce qu'il voulait ; il avait même peut-être des bombes chez lui ; et ses sujets de discussions tournaient souvent autour de tout ça. Mais rien n'y fit.

Les avocats se livrèrent à une joute oratoire, celui des accusés se faisant largement dominer par le « défenseur de la République ».

Derrière tout ça, le préfet de police faisait pression sur le tribunal. Avec ses mesures et l'arrestation, sa cote de popularité n'avait fait que grimper. En plus, les manifestations étaient de moins en moins violentes et rassemblaient moins de monde. Les gens semblaient de nouveau rassurés. Ils avaient enfin des boucs émissaires.

Le jury se retira définitivement après un mois de procès. Certaines preuves avaient été falsifiées, cela sautait aux yeux de Claire et de Howard.

Matthieu avait caché la bombe que Claire avait retrouvée, et une fois mis hors de cause, il réaménagea sa cave. Dès la condamnation, ils reprendront les plans, le plus vite possible.

Le dernier jour du procès afficha une salle vidée de moitié. La famille des accusés était venue tous les jours, comme le préfet et sa femme. Désormais, il ne restait plus que quelques chaînes de télévisions françaises, et les chaînes internationales se comptaient sur les doigts d'une main.

Le public commençait à se lasser de l'attente. Tous les morts jusque-là restaient impunis. La sentence devait tomber rapidement.

Le jury reprit sa place, et le président du jury se leva pour prendre la parole :

— Après délibération, nous avons décidé, à l'unanimité, de condamner exceptionnellement les accusés Claire Balmeco et Howard Tomczak à la peine de mort par la guillotine.

Les deux intéressés crurent sentir leur cœur s’arrêter. Ils auraient préféré mourir ici plutôt que sur l’échafaud.

CHAPITRE 12
Coupez !

Les Champs-Élysées étaient plus remplis qu'un jour de manifestation. À son embouchure avec la place de la Concorde se dressait deux guillotines, sortis d'un musée pour l'occasion. La foule s'était rassemblée pour assister à l'exécution, agitant une multitude de drapeaux tricolore, braillant l'hymne national.

Une estrade avait été placée au milieu de la place de la Concorde. Tout au-dessus se trouvaient le président et les ministres, l'air grave. Juste au-dessous, le préfet de police était dans sa loge. Et encore au-dessous, les familles des condamnés avaient le droit à leurs places.

Des hélicoptères de télévision et des drones survolaient les lieux et rendaient compte de l'immensité du rassemblement. Tout autour, des forces de l'ordre fouillaient les spectateurs, formaient un cordon de sécurité et assuraient la surveillance. Un attentat pouvait survenir à tout moment.

On raconte que l'Organisation avait essayé de venir en aide à leurs compagnons, et même à organiser une évasion. Mais tous les plans tombèrent dans l'oubli.

En 1977, Marseille avait été le théâtre de la dernière exécution. Paris prenait désormais sa place. Beaucoup espéraient que ce serait la véritable dernière mise à mort au nom de la justice.

Chez elle, la vieille femme qui avait survécu à l'attentat de la mairie suivait l'événement sur sa télévision. Cela lui rappelait sa jeunesse, et les dernières exécutions, avant que Badinter ne vienne mettre un terme salvateur à cette folie. Le désespoir la gagna en voyant la foule se bousculer pour assister à la mort de deux personnes. L'humanité ne changera jamais, toujours avide de sang derrière des principes illusoires. Elle craignit que cette folie ne parte plus loin et que la peine de mort revienne une nouvelle fois, incontrôlable, sous le signe de la terreur.

Claire et Howard furent habillés d'une tenue distinguée pour l'occasion. On les avait maquillés et coiffés avant de monter devant le « hachoir national ».

Le téléphone du préfet sonna, mais il ne répondit pas. Puis une deuxième fois. Et une troisième. Il se résolut à décrocher.

— Qu'est-ce qu'il y a ?

— Monsieur le préfet, nous avons trouvé le passage par lequel Balmeco et Tom… l'autre s'étaient échappés.

Le préfet écarquilla les yeux.

— Et alors ?

— C’était un tunnel de huit cents trente-trois mètres qui mène à une cave.
— Génial, et ? ironisa-t-il.
— C’est la cave des terroristes. Mais pas celle de nos suspects.
— Arrêtez de tourner autour du pot et expliquez, vite.
— La cave est celle d’un certain Matthieu Raitre. Celui qui nous amené les suspects. Et dedans, il y a tout à savoir sur leurs plans. On a même les bombes ! Monsieur, on a trouvé le véritable coupable ! Il parle des suspects dans un carnet, c’est son plan, il veut les tuer !

Comme le préfet ne répondait pas, il continua.
— On va tuer des innocents, là. Excusez-moi de m’emporter, mais à chaque fois qu’on regarde quelque part, on a une montagne de pièce à conviction. Et si je me souviens de la version de Balmeco, ça coïncide avec ce qu’on voit. Monsieur, il faut arrêter l’exécu…
— Bon, écoutez-moi, maintenant. Il y a une foule immense qui est venue les voir se faire décapiter. Ce n’est pas pour rien, les gens ont peur, ils veulent des coupables. Et ils les ont. Je me fous qu’ils soient innocents ! Désormais, ils représentent le trouble dans la société, et leur mort rapportera la stabilité à notre pays ! Aux yeux de tous, ils seront coupables, peu importe la vérité. Nous nous occuperons de Matthieu Raitre plus tard. On ne peut pas se permettre de revenir en arrière.

Il raccrocha. Plus bas, Claire et Howard se tenaient chacun devant une guillotine. Un bourreau les força à se coucher et poussa en même temps afin que leur tête prenne place.

Claire avait une vue plongeante sur l'avenue des Champs-Élysées, noire de monde jusqu'à l'Arc de Triomphe au loin. Derrière elle, elle pouvait ressentir la tristesse de ses parents. C'était la même chose pour Howard.

Le bourreau plaça un panier vers chacun d'entre eux. Howard en eut un haut-le-cœur. Il se plaça au milieu, saisit les cordes qui retenaient les lames et attendit l'ordre de lâcher.

La foule hurla. Puis le signal fut donné. Claire ferma les yeux, et une larme s'écrasa dans le panier. Le bourreau ouvrit les mains.

Les cordes volèrent, les lames furent attirées vers les nuques par la gravité.

La justice était rendue.

ÉPISODE 2
Le duel

CHAPITRE 1
C'était juste

La foule se pressait sur les Champs-Élysées. Elle était semblable à une boisson noire renversée par erreur, s'étalant pour occuper le maximum d'espace. Elle s'agitait, au gré des émotions, formant de petites vagues. Au milieu, invisible, perdu dans l'unité exceptionnelle de cet instant, il tentait de se hisser du mieux qu'il pouvait, sa petite taille l'incommodant au plus haut point. Il tirait sur son cou, poussait le plus possible avec ses orteils, mais il avait du mal à voir l'estrade. Il ne pouvait pas se rapprocher, à cause de la densité de la foule et parce qu'il craignait d'être reconnu.

Matthieu Raitre ne savait toujours pas que la police avait investi sa cave, et qu'il était devenu l'ennemi public, le vrai. Il y avait remis ses affaires, préparant un nouveau coup, persuadé d'être loin de tout soupçon.

Un immense frisson parcourut l'assemblée, remontait les Champs-Élysées et s'engouffrait dans toutes les rues où il y avait des gens, le tout couvert par des cris de joie. Matthieu en déduisit que les lames venaient de tomber. Il était un peu déçu de ne pas avoir vu ça de ses propres yeux, mais tous ses muscles se décontractèrent ; il sentait un poids le quitter, il était soulagé.

Les gens autour de lui sautaient, entonnaient des rythmes que des centaines d'autres suivaient, klaxonnaient comme dans un stade, essayant de faire le maximum de bruit. Ils exorcisaient la peur et la crainte qu'ils avaient pu accumuler ces derniers jours, et les rejetaient sur la célébration de la mort des coupables qu'on leur avait servi sur un plateau.

Il était temps pour Matthieu de rentrer et de prévoir la phase 2 de son grand plan. Maintenant que l'Organisation était bien affaiblie, il ne pouvait plus compter sur elle pour se dissimuler. L'heure était à l'indépendance, et beaucoup de revendications avaient été oubliées.

Une fois dans une zone plus calme, il sortit son porte-monnaie pour y prendre une photographie. C'était celle de son père, quand il était encore jeune. Il avait les cheveux sombres gominés en arrière, aucune ride, le visage aux traits droits, montrant chez lui une assurance et une rigueur de tout instant. Il regardait sur le côté, aucune émotion palpable. Mais en fait, il était fier, plein de confiance en lui. Il était encore jeune, et probablement gentil. Matthieu aurait préféré le connaître à ce moment-là, avant qu'il ne change.

À cause de quoi ? À cause de qui ?

Lui, sûrement. C'était ce qu'il se répétait depuis son enfance, depuis qu'il était capable d'analyser les émotions des autres. Mais aujourd'hui, il ne pouvait plus le lui demander. Avoir des explications, ou même lui montrer ce qu'il était devenu. *Il le saura bientôt. Peu importe où il est désormais, il sera fier de moi.*

Il descendit dans les bouches du métro, paya son voyage pour paraître le plus normal possible et entra dans le ver de fer souterrain. Il ressortit vingt minutes plus tard, marcha quelques mètres jusqu'à un arrêt de bus où il s'assit. En face, il y avait une usine automobile. C'était très certainement là que travaillait Howard. Matthieu sentit sa respiration se faire de plus en plus difficile. Il eut une pointe de remords en voyant ce lieu, un petit bout de vie de Howard qu'il avait enlevé. Il se frotta le visage et se ressaisit. Le bus arrivait, il fallait rester normal.

À l'intérieur, Matthieu ne savait si c'était sa propre interprétation ou non, mais les gens semblaient quelque peu plus heureux, quelque peu plus soulagés. Tous se sentaient unis, fort dans la victoire de la conception générale de la justice et de l'ordre.

Puis il arriva devant chez lui. Il passa devant une voiture noire garée et y aperçut un gyrophare éteint à l'intérieur. Une voiture banalisée. Il regarda autour de lui, tout semblait normal. Il en trouva une autre juste à côté. Il avait un mauvais pressentiment. Alors qu'il cherchait une solution et se retenait de paniquer, quelqu'un le tira par l'épaule.

— Matthieu, suis-moi, ne fais pas de bruit.

Il paniqua avant de reconnaître le visage de l'inconnu.

— Yanis ? Qu'est-ce qui se passe ?

Yanis ne répondit pas, entraînant Matthieu vers une autre rue. Une fois assez loin, il essayait de cacher Matthieu par son corps plus imposant. Il n'était pas exceptionnellement musclé, mais tout le monde le paraissait face à Matthieu.

— Bon, je t'explique rapidement, on en parlera plus en détail une fois en sécurité. Les flics t'ont trouvé, je crois qu'ils sont passés par ton tunnel et ont atterri dans ta cave. Tu aurais dû m'écouter et ne pas remettre des affaires maintenant. Enfin, ils t'attendent chez toi, et te recherchent. Tu dois quitter Paris avant que ton visage ne soit partout.

Yanis était un de ses collègues d'attentats. C'était un peu l'homme de l'ombre, bien qu'il souhaitait, au moins une fois, être sur le devant de la scène. Son seul rôle, et cela lui convenait, était de faire appliquer les plans. Pas de les concevoir. Même si certaines de ses remarques étaient percutantes et avaient aidées plus d'une fois.

— Je vais où maintenant ?

— Chez moi, Jo ou Tim, ou même quelqu'un d'autre, je sais pas encore. Juste le temps de trouver autre chose et te faire quitter la capitale.

Matthieu ne savait pas combien de temps cela représentait au juste. Mais en tout cas, Paris n'était plus une ville sûre pour lui. Nul part, d'ailleurs. Il manqua de peu la crise d'angoisse et la marche l'aida à se calmer. Il ne voulait pas finir sur l'échafaud comme Claire et Howard. Tout ce qu'il aurait fait n'aurait servi à rien. Inutile. Comme lui, pourra dire son père.

CHAPITRE 2
Ce n'est pas terminé

Le grand écran géant déroulé le long de l'hôtel de ville de Lyon diffusait en direct l'exécution. La Place des Terreaux était recouverte d'une foule hétéroclite où tous attendaient impatiemment la même chose : l'abaissement des lames. Lena Sitz assistait au spectacle, les yeux humides.

— Tu peux pleurer de joie, si tu veux, lui lança un inconnu pressé contre elle par la densité de la foule.

Non, elle n'était pas très heureuse. Claire et Howard étaient ses révélateurs. Ils lui avaient montré la voie à suivre pour se faire entendre – même si pour l'instant, le premier attentat de Lyon avait été oublié. Les voir mourir en faisait des martyrs pour elle, des héros tombés au front. Elle aurait aimé les rencontrer, travailler avec eux. Au moins, ils lui avaient montré les erreurs à ne pas faire, et elle portera leur héritage. Elle regarda l'inconnu pour lui répondre, haussant la voix pour se faire entendre dans l'excitation de la foule.

— Oui, je suis heureuse. On est enfin… tranquille, dit-elle sans véritable joie.

— Salut, moi c'est Clémence, mais tu peux m'appeler Clem, lui dit une jeune femme de son âge, accompagnant le premier inconnu. Si tu veux, tu peux venir fêter ça chez nous ce soir, y aura plein de gens.

Lena fit la moue.

— Ce serait avec plaisir, mais je ne pense pas pouvoir venir.

Clémence la supplia brièvement puis haussa les épaules, résignée, avant de hurler sur l'écran géant. Lena les regarda une dernière fois, fut désolée pour eux et quitta la foule. Elle s'écarta au maximum, jusqu'à traverser la Saône par le pont de la Feuillée. Elle s'installa au bord de la rivière et regarda de loin l'hôtel de ville.

Puis une immense clameur couverte par la distance et les bâtiments recouvrit toute la ville. Les lames venaient sûrement de tomber. Lena ferma les yeux, soupira et saisit un petit boîtier noir dans sa poche. Elle repensa à Clémence et son ami. Ils étaient tous en train de se prendre dans les bras, inconnus ou non, célébrant le barbarisme inconscient, l'État qui donne la mort pour punir la mort, qui se réduit au même niveau que les condamnés, caché derrière la légalité. Puis elle appuya sur le seul et unique bouton de son boîtier.

Toute la place des Terreaux se souleva, poussée du sol par le feu. Des dizaines de bombes fixées sous la place venaient d'exploser en même temps, soulevant d'immenses champignons de feu, de poussière et de fumée. Les bâtiments qui encerclaient la place furent soufflés, et une partie de l'hôtel de ville s'effondra. La clameur laissa place à la détonation, puis aux cris. Lena, de son côté de la berge, observait le résultat de son œuvre. Aucun survivant n'était possible. Des centaines, voire même plus d'un millier de personnes mortes par son acte. Elle avait fait plus fort que ses deux héros.

Lena rentra chez elle sous les hurlements des sirènes des camions de pompiers, voitures de police ou ambulances qui affluaient de toute la ville. Un incendie s'était déclaré, mais il allait être rapidement maîtrisé. En revanche, ils cherchaient les corps sous les gravats, peut-être même des survivants, mais c'était désespéré. Il y avait quelques personnes toutes grises, recouvertes de poussière, en état de choc.

Désormais, la place des Terreaux ressemblait quelque peu à un jardin fraîchement labouré, grouillant de secouristes, dévoilant les canalisations. Elle retrouvait pendant un instant, et dans un tout autre contexte, sa fonction d'antan. C'était de nouveau un fossé.

Une fois chez elle, elle retrouva son compagnon, Raphaël, affalé sur le canapé, absorbé par son téléphone. Elle se servit à boire et le rejoignit, exténuée.

— Mets les infos, apparemment il s'est passé un truc, lui dit-il en montrant, sur son téléphone, un message sur les réseaux sociaux qui faisait référence à une explosion à Lyon.

Déjà, s'étonna Lena. Elle commanda à la télévision, qui était allumée dans le vide jusqu'à maintenant, de mettre la chaîne d'informations en continu par une pression sur un bouton. Le

journaliste affichait un visage grave et des images de la place des Terreaux en direct l'accompagnaient.
— ...moment de l'exécution de Claire Balmeco et Howard Tomcazk, une explosion s'est fait entendre à la place des Terreaux à Lyon, alors que plus d'un millier de personnes y étaient rassemblés. Les secouristes sont actuellement à la recherche de survivants, mais ils restent pessimistes sur...
— C'est dingue quand même, quel malade pourrait faire ça maintenant ? s'étonna Raphaël.
— J'en sais rien, soupira Lena.
— On n'est plus en sécurité nul part, même quand les coupables sont morts. Qu'est-ce qui leur faut, sérieusement, pour qu'ils s'arrêtent ? Une guerre ?
— J'en sais rien.
— Hier à Paris, aujourd'hui à Lyon (pour la deuxième fois) et le prochain ? Est-ce qu'on pourra sortir de chez nous sans craindre pour notre vie ?
— J'en sais rien.
— T'en penses quoi, toi ?
— J'ai entendu un gros bruit tout à l'heure, c'était sûrement ça.
— Alors t'es passée près de la mort ! Ça va ? Tu n'es pas trop choquée ? Il faut que tu restes prudente.

Il la prit dans ses bras et la serra. Lena se laissa faire, elle devait se montrer sous le choc de la nouvelle. Raphaël n'était pas très malin, mais il n'était pas complètement stupide non plus. Puis le journaliste aborda le sujet d'un nouveau suspect.
— Des sources de police nous ont renseignées, en exclusivité, sur la découverte d'un nouveau suspect.

Son visage s'affiche, il est nommé Matthieu Raitre. Claire Balmeco et Howard Tomczak ne seraient donc pas les seuls coupables, mais leur innocence n'est pas certaine. Matthieu Raitre serait la tête du groupe de terroriste. Il vit à Paris et y a été aperçu là-bas pour la dernière fois. Nous n'avons pas plus d'informations à cette heure.

Le voilà. L'homme qui lui avait offert sa *véritable* révélation. Claire et Howard n'étaient tout au plus que des pions sur l'échiquier, ou même complètement innocents.

Lena sentait qu'elle devait rencontrer Matthieu avant qu'il ne soit trop tard, avant qu'il ne se fasse attraper et exécuter. Elle avait une nouvelle chance, elle ne devait pas la laisser passer. Elle essayait de trouver le meilleur moyen pour le contacter indirectement, et c'était chose difficile. Puis elle se souvint que les attentats avaient été affiliés à l'Organisation. Elle n'avait qu'à passer par là. Elle quitta l'emprise de Raphaël, saisit son téléphone et chercha sa « porte d'entrée ». Un vieil ami, qui habitait à Paris. Restait à savoir s'il faisait toujours partit de l'Organisation. Elle le lui demanda dans un message qu'elle envoya : « Salut Yanis, est-ce que tu es toujours membre de l'Organisation ? J'aurais quelque chose à te demander, rappelle-moi ».

Le téléphone sonna le soir-même.

CHAPITRE 3
Rendez-vous manqué

La salle sentait le café chaud et la transpiration. Beaucoup d'entre eux y étaient enfermés depuis plusieurs heures, recherchant tout ce qu'ils avaient sur le nouveau suspect. Une équipe scrutait les images des caméras de vidéo-surveillance.

Le préfet Jean Baitaye entra, se pinça le nez et avança. Il revenait de l'exécution de Claire et Howard où il avait appris la culpabilité de Matthieu Raitre. Il avait condamné deux innocents sans le moindre doute, sans chercher à les sauver et à rétablir la vraie justice. Il s'en voulait un peu, mais il avait l'impression d'avoir fait les bons choix. La foule était heureuse. Pour l'instant.

Il s'approcha d'un homme debout en chemise blanche. C'était lui qui l'avait appelé un peu plus tôt pour annoncer les dernières nouvelles. DeProst était son nom. Il dirigeait certaines opérations, dont celle de l'intervention indirecte chez Raitre. Il le regarda de son air grave et lui désigna un grand écran à gauche. C'était la retransmission d'une caméra sur un officier dans l'appartement de Matthieu.

— Ils attendent ici qu'il rentre. Il est peut-être allé aux Champs-Élysées, mais on ne pourra pas l'attraper là-bas, il y a bien trop de monde pour le repérer. (il désigna trois autres écrans à droite) Là, ce sont les images des caméras dans la rue et d'un hélicoptère qui filme depuis les airs. Si l'un de nous aperçoit ce visage (il désigna l'écran du milieu qui affichait en grand le visage de Matthieu), on envoie une unité d'intervention. On le surveille, on l'attend. Paris est bouclé, il ne peut pas sortir.

Jean demanda un récapitulatif de leur intervention et de tout ce qu'ils avaient trouvé jusqu'alors, puis quelqu'un s'approcha de lui, l'air inquiet.

— Monsieur le préfet, il y a eu un attentat à Lyon il y a quelques minutes.

— Quoi ? Qui ? s'énerva Jean.

Un officier qui surveillait les écrans des caméras appela Jean et DeProst.

— Je crois que je l'ai vu. Il va dans le métro. Il prend l'arrêt Alma-Marceau, probablement pour rentrer chez lui.

— Surveillez-le dans les wagons, je préviens l'équipe chez lui, ordonna DeProst.

— Pour Lyon, on fait quoi du coup ? demanda le nouveau venu.

— Rien, on va d'abord s'occuper de Raitre, s'exaspéra Jean. Ils n'ont pas de flics à Lyon ?

Sur l'écran de gauche, l'unité d'intervention se prépara et se dissimula dans l'appartement. À droite, on pouvait suivre le parcours exact de Matthieu, où sa silhouette se dessinait autant de fois que l'écran était fragmenté en carrés.

Jean tapotait ses doigts sur le bureau en face de lui. Il n'aurait même pas besoin de se justifier une fois Matthieu attrapé. Il avait du mal à contenir son impatience, et l'échec ne lui venait pas à l'esprit. Quelques minutes plus tard, un opérateur prit la parole pour commenter ce qu'il y avait sur les écrans.

— Il est sorti du métro. On n'a plus de visuels, il est dans une zone sans caméras. Il y a de fortes chances qu'il prenne le bus.

— Donc il rentre chez lui. Je veux une unité d'intervention discrète devant son immeuble, on l'interceptera à ce moment-là, ordonna de nouveau DeProst.

Une unité partit aussitôt. Après dix minutes, il réapparut sur les écrans, traversant la route pour rejoindre son immeuble. Jean transpirait, ils approchaient du moment décisif. Puis, sur les écrans, ils le virent s'immobiliser et regarder à l'intérieur de deux voitures noires.

— Ce sont nos voitures banalisées ? demanda Jean.

— Oui, il nous a repéré. On envoie l'unité qui est dans son appartement, vite ! Où sont ceux que j'ai demandé ? s'énerva DeProst.

— Ils arrivent monsieur.

— Plus vite !

Quelqu'un saisit Matthieu par l'épaule. Ils échangèrent quelques brefs mots puis disparurent des écrans. Ils empruntaient des rues où aucune caméra ne pouvait les voir.

— C'était pas un des nôtres, n'est-ce pas ? demanda Jean.

— Non… soupira DeProst.

Jean s'énerva, renversa le bureau et frappa une malheureuse tasse à sa portée. Une caméra filmait l'entrée de l'immeuble, on y voyait des hommes armés pousser la porte, en pleine intervention. Sur un autre plan, on voyait une camionnette noire s'arrêter au milieu de la route pour vomir cinq hommes armure. Ils étaient prêts à attraper l'individu, mais tous, y comprit dans cette salle de contrôle, l'avaient perdus.

— On donne quelques infos aux journaux télés et on balance sa photo dès maintenant, commanda Jean en quittant la salle avec un regard froid.

CHAPITRE 4
Fuite

Son visage était partout, et cela l'inquiétait autant qu'il s'en amusait. Il n'avait plus son anonymat et ne pouvait plus rejeter les accusations sur d'autres. Il incarnait le mal, celui qui semait le trouble et récoltait les morts. Après l'annonce de l'attentat de Lyon, quelques-uns s'accordèrent pour le relier, mais c'était impossible, il était bloqué à Paris et d'après la police, il n'a pas de contacts en dehors de la capitale.

Mais Matthieu sentait qu'il pouvait renverser les choses, faire passer Jean Baitaye pour le vrai méchant, l'assassin d'innocents. Bon, il n'était pas mieux, mais il était plus faible que lui, et cela attirait souvent les faveurs de l'opinion. En se faisant passer pour la victime qui se défend et non pour l'agresseur, il aurait très certainement du soutien.

D'ailleurs, il se demandait bien qui pouvait le soutenir en organisant un si gros coup à Lyon. Il était curieux de rencontrer cette personne. Yanis lui avait parlé d'une amie à lui, à Lyon justement, et qu'il pouvait être en sécurité avec elle. C'était peut-être l'organisatrice des deux attentats là-bas. Ou quelqu'un qui allait le dénoncer aussitôt qu'elle l'aurait aperçu. De toute façon, il n'avait pas le choix, il devait quitter Paris.

Yanis avait préparé un plan d'évasion si Matthieu venait à être découvert. Il se félicita de l'avoir dans son entourage. Ils attendirent la nuit pour le mettre à exécution. Matthieu ne prit aucune affaire, mis à part une combinaison de plongée qu'il recouvrit de ses habits. Ils partirent avec trois autres personnes, si ça venait à mal tourner, et se faufilèrent jusqu'à la Seine. Là, Matthieu posa la main sur l'épaule de Yanis.

— J'ai besoin de toi pour une autre mission. Il faut que tu infiltres l'entourage du préfet, que tu gagnes sa confiance. Tu pourras nous tenir au fait de tous ses actes et de toutes ses décisions, d'accord ?

— J'accepte la mission, Matthieu.

— Reste sur tes gardes. On se contacte pour coordonner nos plans.

Matthieu lui donna une tape sur l'épaule, retira ses vêtements pour dévoiler sa combinaison de plongée, imité par les trois autres membres du groupe, salua Yanis et s'enfonça dans l'eau froide du fleuve. Ils longèrent la côte sur plusieurs kilomètres. Au-dessus d'eux, dans la ville, passaient fréquemment des patrouilles de police. Quelques fois, un hélicoptère les survolait, alors ils plongeaient, puisant dans leurs réserves d'oxygène. Le chemin était épuisant, et Matthieu avait les cuisses qui le brûlaient.

Après plusieurs heures éprouvantes, ils atteignirent enfin la sortie sud de Paris et s'enfoncèrent dans la forêt de Sénart, où une de leur voiture les attendait. Leur évasion s'était étonnement bien déroulée. Quant à la voiture qui les attendait, elle avait quitté Paris quelques heures plus tôt en franchissant le barrage. En échange d'une fouille et de ne pas être Matthieu Raitre, il était parfaitement possible de sortir et d'entrer dans la ville.

Les quatre fugitifs quittèrent leurs combinaisons et les rangèrent dans un sac. Ils grelottaient de froid et se réchauffèrent grâce aux serviettes dans la voiture. Ils s'habillèrent avec des rechanges dans le coffre et prirent la route.

— Toujours au nouveau repère ? demanda le conducteur.

Matthieu acquiesça. Il ne voulait pas se risquer à un voyage dans une grande ville, se faire repérer et n'avoir aucun moyen de s'enfuir. Là où il avait donné rendez-vous à cette Lena, il n'avait pas de craintes pour ça. Quelques heures de route et au petit matin ils arriveraient dans leur nouveau repère. Quelques membres de l'Organisation qui l'avaient aidé pour les premiers attentats y avaient déjà pris la route. Ce qui leur restait de leurs plans et de leurs documents y étaient sûrement entreposés. Si Lena honorait le rendez-vous, elle n'aurait d'autre choix que de les rejoindre – c'est ce qui prouverait sa motivation ; et si elle voulait les trahir, alors elle mourrait, comme tous les rats qu'elle pourrait amener avec elle.

CHAPITRE 5
Le chalet

Matthieu émergea d'un bref sommeil douloureux sur une place arrière. Le soleil orange du matin lui piquait les yeux. La voiture le ballottait dans tous les sens à cause de la route en mauvais état. Il regarda par la fenêtre et y découvrit un précipice de plusieurs centaines de mètres, donnant sur un petit village en contrebas. Un peu plus loin se soulevait une petite montagne verte, elle-même entourée de plusieurs de ses semblables. Quant à eux, ils roulaient sur une petite route à flanc de montagne, le genre de chaussée où deux voitures peinent à se croiser.

À en juger par le décor que Matthieu reconnaissait, ils allaient très bientôt arriver. Il avait décidé d'établir son nouveau QG dans un chalet retiré du Morvan. C'était un petit chalet sur une pente de colline, entouré de terrains sauvages, occupés parfois en été par des vaches ou des moutons.

La voiture s'engagea sur un petit sentier presque complètement effacé par le temps, et le tableau se dévoila à Matthieu. Le chalet était posé au milieu d'herbes hautes. Ils semblaient être arrivés dans un autre monde, loin de la capitale (certains n'avaient connu que les villes), aucun signe de l'Homme à des kilomètres de là. D'ailleurs, cela obligeait les résidents à anticiper les réserves d'eau et de bois. L'apport en électricité avait été prévu par l'installation de panneaux solaires juste à côté du chalet.

L'habitation était en bois foncé et grimpait sur un étage. Il y avait un grand salon et plusieurs chambres. Matthieu et son équipe pouvaient rester ici aussi longtemps que leurs provisions leur permettaient et prévoir leurs plans en toute confidentialité. Ici, personne ne pouvait partir ni venir sans se faire remarquer. Pas d'Internet, pas de télévisions. Coupés du monde. C'était un avantage comme un inconvénient ; ils n'étaient pas traçable, mais ne savaient rien des ennemis.

Il y avait déjà douze personnes sur le site, auxquelles s'ajoutèrent Matthieu et ses quatre compagnons, donc seize au total. Ils s'étaient installés, avaient dépoussiéré le lieu et attribués les chambres. Certains dormaient encore quand la voiture de Matthieu arriva.

Celui-ci fit le tour extérieur, calmement, observant chaque recoin. Puis il poussa la porte et entra. Il observa chaque parcelle du chalet, chaque zone d'ombre, se replongeant dans ses souvenirs.

Il se revoyait enfant, avec son père et sa mère. Ses souvenirs étaient flous, mais il lui semblait qu'ils souriaient. Ils étaient heureux. Ce chalet appartenait à sa famille, mais cela faisait bien des années que personne n'y était venu. Et ce qu'avait fait Matthieu n'avait rien arrangé au bonheur familial. En regardant vers la cuisine, il se remémora les odeurs alléchantes des gâteaux qui finissaient de cuir dans le four. La salle à manger lui rappelait les longs dîners passionnants où son père racontait des histoires. En y repensant, elles étaient imprégnées de pensées et d'opinions personnelles ; peut-être que Matthieu avait bu ces paroles et les avait intégrés, pour les restituer inconsciemment. Mais il n'avait pas assez de recul pour se pencher sur la question.

À l'étage se trouvaient son ancienne chambre et celle de ses parents. Il avait demandé à garder cette dernière pour lui. Il grimpa l'escalier massif en bois verni et s'y dirigea. Il poussa la porte. La pièce était plongée dans le noir. En ouvrant les volets, la lumière s'y déversa et frappa toute la pièce. Matthieu effleura du bout des doigts la vieille commode, la table de chevet à sa portée et ses yeux se posèrent sur le lit. C'étaient les mêmes draps que lors de leur dernier départ. Rien n'avait bougé, comme figé dans le temps. Comme si la chambre voulait rester à tout jamais à un instant parfait, avec une famille soudée. Avant que Matthieu ne *le* fasse. Il ouvrit une armoire qui grinça horriblement. Ses parents laissaient toujours des habits dans le chalet, cela leur évitait d'avoir trop de bagages quand ils venaient. Il regarda la colonne des habits de son père et son estomac se serra. Pour celle de sa mère, il les effleura et se rappela comme elle était belle dans ces tenues. Il troqua son T-shirt et jean contre une chemise blanche et un pantalon noir de son père. Il aimait bien s'habiller et portait de l'importance à sa tenue.

En revêtant ces habits, Matthieu voulait lui montrer qu'il était aussi bien que lui, et qu'il pouvait même faire mieux. La tenue était bien trop grande pour lui, mais il ne le voyait pas, obnubilé par l'idée de ressembler à son père. Il arrangea le col et sortit de la chambre, en prenant soin de bien refermer la porte qui coinçait un peu. Lena allait arriver dans quelques heures et tout devait être prêt pour l'accueillir.

Elle arriva un peu après midi. En réalité, elle tournait depuis deux bonnes heures sans trouver l'endroit avant de suivre un petit sentier de terre retournée peu visible. Matthieu fut informé de son arrivée. Il ne tenait plus, tournait en rond, tapotait du pied ou des doigts sur la table basse du grand salon. Il imaginait une légion de CRS entourant le chalet et les assiégeant pendant quelques minutes, juste le temps pour eux de rentrer ; ou juste que Lena ne serait pas à la hauteur de ses attentes, et il devrait trouver un moyen de s'en débarrasser.

Il arrangea ses cheveux d'un rapide coup de main et sortit. Il avait fait des ourlets sur les manches de sa chemise pour que ses mains ressortent et son pantalon tenait grâce à une ceinture, mais cela ne l'empêchait pas de nager dans son costume. Lena sortait de sa voiture. C'était une jeune femme d'une trentaine d'années, comme lui, aux cheveux brun clair mi-long. Elle était vêtue d'un pull rouge fin et d'un jean bleu foncé. Matthieu s'approcha d'elle, escorté par deux de ses compagnons, et se retrouva tout bête. Il ne savait plus quoi dire. Quant à Lena, elle le regarda avec

une pointe d'incrédulité avant de parler la première :
— Matthieu Raitre ? C'est toi ? Je suis si heureuse de te rencontrer.

Matthieu ne l'avait pas imaginé aussi belle. Avant de la rencontrer, il la voyait comme une inconnue qui risquait plus de l'importuner que de l'aider. Si c'était un piège tendu par Jean Baitaye, il était tombé en plein dedans.
— Oui… euh oui, c'est moi.
— J'arrive pas le croire, on se rencontre enfin ! Entre nous, au début, j'ai cru que c'étaient Claire et Howard qui avaient tout organisé, dit-elle un peu gênée.
— Non… non, j'ai tout organisé moi-même, balbutia Matthieu.

Ils restèrent sans parler pendant trois secondes, durant lesquelles Lena le détaillait. Il était bien plus petit que ce qu'elle pensait, et il avait un drôle d'air à nager dans ses vêtements ; comique ou ridicule, Lena n'était pas encore fixée sur ça. L'un des hommes accompagnant Matthieu rompit le silence :
— Vous allez discuter à l'intérieur ?
— Hum ? Oui, acquiesça Matthieu en pivotant sa tête. Viens… Venez, Lena.
— On peut se tutoyer.

Matthieu n'y trouvait rien à redire. Il était complètement perdu. Ils s'installèrent dans le salon, chacun sur un fauteuil. Tout autour, la dizaine d'hommes et de femmes qui composaient l'équipe de Matthieu scrutait Lena de loin.

— Tu as entendu parler des attentats de Lyon ? demanda Lena.
— Oui, c'est quelque chose qui m'a… surprit.
— Oh, tu peux dire ce que tu en penses vraiment. C'est moi qui les ai organisés, toute seule ! dit-elle avec une pointe de fierté.
— Eh bien, j'étais plutôt content, admit Matthieu.
— Si tu veux savoir, l'explosion pendant l'exécution c'était en hommage à Claire et Howard, je pensais vraiment qu'ils étaient mes… héros ? Je ne sais pas si c'est le terme approprié.

Matthieu sourit et Lena poursuivit :
— Comment ils ont pu se faire prendre alors qu'ils étaient innocents ? (Matthieu retenait son rire) Ils l'étaient, innocents ? (Matthieu ria un peu) Tu y es pour quelque chose.

Cette fois, il rit sans retenue.
— Oui, c'est un de mes coups. Magnifique, n'est-ce pas ? L'enregistrement de Howard, je l'ai modifié pour ne garder que ce qui m'intéressait. En revanche, Claire devait mourir dans l'explosion ratée de son restaurant, tout comme le préfet. Mais bon, ce sont les aléas du métier.

Et il continua de rire. Lena entendait une petite voix au fond d'elle qui lui commandait de fuir, d'avoir peur de lui, avant qu'il ne soit trop tard. Elle devait en rester aux attentats de Lyon, ne pas aller plus loin. Mais elle enfouie la voix encore plus profondément en elle et sourit en retour à Matthieu.
— Tu es donc content d'avoir trahit
tes « amis » ? Moi, je me réjouis de ce que ça a engendré, personnellement.

— La fin justifie les moyens, n’est-ce pas ? contra Matthieu qui avait perdu son sourire. Bon, parlons plus sérieusement. Pourquoi tu es là ? Tu veux rejoindre notre équipe ?

Lena regarda autour d’elle.

— Je voulais te rencontrer, pour qu’on puisse faire bouger les choses ensemble. Mais si je peux vous rejoindre, ça serait génial !

Matthieu accepta de l’intégrer à l’équipe. Il la présenta, lui fit faire le tour et lui expliqua leurs démarches depuis les premières attaques. Certains des membres de l’équipe s’étonnèrent de l’entrée rapide de cette nouvelle et se méfièrent d’elle, elle devait faire ses preuves.

Raphaël essayait de joindre Lena plusieurs fois, mais elle n’avait aucune chance de recevoir ses appels. De toute façon, elle s’en fichait. Elle avait une nouvelle vie qui l’intéressait beaucoup plus.

CHAPITRE 6
Imposture

Yanis entrait désormais dans une partie compliquée de sa carrière. Il devait s'infiltrer dans l'entourage du préfet Jean Baitaye. S'il était découvert, il disparaîtrait aussitôt sans aucun espoir de revenir. Mais s'il réussissait, il allait devoir garder son masque pendant longtemps.

Mais la première chose à faire était d'établir un contact. Il avait passé la nuit à imaginer un plan parfait. Au fil des renseignements qu'il parvenait à avoir à ces heures tardives, grâce à Internet, et à son imagination, il avançait. Et quand il arriva à tout conclure, il ne lui restait qu'une demie-heure pour passer à l'action.

Michel Redel se levait tous les jours à quatre heures trente du matin afin de se préparer pour sa journée de travail. Ce petit homme de soixante ans était proche d'une retraite qu'il ne voulait pas prendre. Le travail était la seule chose qui le maintenait en activité depuis quarante ans, et la simple perspective d'un changement de mode de vie, de l'arrivée d'un calme qu'il n'avait plus eu depuis de longues années, le terrifiait et le faisait se sentir au bord d'un gouffre qui l'avalerait tôt ou tard. Mais il avait encore la force de repousser cette échéance. Une chose était sûre, la mort l'attendait tout en bas, et il ne voulait pas la rencontrer.

Il éteignit rapidement son réveil pour ne pas déranger sa femme qui était assoupie à ses côtés. Contrairement à lui, elle n'avait pas hésité quand on lui avait proposé la retraite. Elle prenait ce moment de la vie du bon côté, un moyen de profiter des dernières décennies, au mieux, qui lui restait, voir ses amies, entretenir leur jardin.

Michel alluma la cafetière et s'empara de sa tablette. Il aimait lire les informations du jour ou lire ses e-mails en attendant que son café coule. Peu de ses connaissances avaient des liens avec l'informatique, et même s'ils avaient passé une grosse part de leurs vies dans les écrans, ils prenaient conscience de l'importance de la réalité avec l'âge. D'ailleurs, ils dormaient encore à cette heure, contrairement à lui, et cette pensée le faisait sourire.

Il remarqua la petite icône dans le coin de l'écran indiquant l'arrivée d'un nouvel e-mail. Ceci éveilla sa curiosité et il l'ouvrit. Le message datait d'une heure du matin et venait du secrétariat du préfet Jean Baitaye. Il était son chauffeur et devait aller le chercher dans un peu plus d'une heure pour l'emmener à un studio de radio. Mais le contenu du mail l'informait de l'annulation du transfert et de la réquisition de sa voiture de fonction. Il n'avait rien à faire, juste à rester dormir.

Michel reposa sa tablette. Cela le laissait perplexe. C'était étrange que tout soit annulé si tôt le matin, ou si tard la nuit. Quoi qu'il en soit, il ne pouvait pas vérifier. À cette heure-ci, le secrétariat était fermé et personne ne pourrait lui fournir une réponse. Il allait devoir attendre six heures du matin. Alors il retourna se coucher et profita du temps qui lui restait.

Mais à six heures pile, son réveil sonna. La fréquence était réglée sur la radio dans laquelle le préfet devait s'adresser. Et quelle fut sa surprise quand la voix de son patron le réveilla à travers la radio.

Une heure plus tôt, Yanis s'infiltrait dans la voiture de Michel. À cinq heures trente tapantes, il était devant la maison du préfet. Celui-ci avait les traits tirés et semblait épuisé. En rentrant dans la voiture, il s'étonna de ne pas voir son chauffeur habituel.

— Michel Redel n'est pas là ?

— Non, il a eu un empêchement de dernière minute, je n'en sais pas plus. On m'a appelé pour le remplacer aujourd'hui.

— Hum, d'accord. Vous savez où on va ?

— Bien sûr.

Yanis s'engagea dans les artères qui s'éveillaient à mesure que le trafic se densifiait. Et à six heures, le voilà devant son micro, interrogé sur l'exécution et l'attentat de Lyon.

Michel se leva immédiatement, et la tête lui tourna. Il se reprit et saisit son combiné. Il composa le numéro du secrétariat du préfet et attendit qu'on lui réponde. À la troisième sonnerie, une voix féminine décrocha :

— Secrétariat du préfet de Paris Jean Baitaye, j'écoute.

— Bonjour Murielle, c'est Michel Redel. J'ai reçu un e-mail ce matin très tôt pour ne pas conduire le préfet à la radio, et là, je l'entend à cette même radio. C'est normal ?

— Bonjour Michel, je regarde ça, attends.

Il y eut un long silence pendant quelques minutes, ponctué par le souffle de Murielle, le clic de sa souris, ou des bruits de réflexion.

— J'ai reçu un mail aussi, ça vient de plus haut. Le préfet a été conduit par quelqu'un d'autre, mais on n'en sait pas plus. Et on saura rien. Tu devrais te reposer et attendre qu'on t'appelle, t'en fais pas.

— D'accord, merci Murielle. Bon courage pour aujourd'hui.

Ils se saluèrent et raccrochèrent. Michel nageait dans le doute après cet appel. Il sentait au fond de lui que quelque chose n'allait pas. Mais il fit confiance aux « gens du dessus », et se résigna à comprendre.

Yanis attendait dans l'entrée du studio de radio, un café à la main. Il allait devoir jouer le chauffeur encore une fois aujourd'hui, avant de peut-être gagner la confiance du préfet, si son plan marchait.

Au bout d'une heure, le préfet sortit et Yanis lui ouvrit la porte de sa voiture noire aux vitres teintées. Tout devait s'enchaîner comme une horloge suisse, sans aucun défaut, ou ils y passeraient tous et Yanis serait découvert. Il commençait à angoisser, accentué par le manque de sommeil.

Il roulait sur une grande artère de Paris, s'arrêta à un feu. Un homme vint frapper à sa fenêtre. D'autres encerclaient la voiture.

— Qu'est-ce que c'est ? Une attaque ? J'hallucine ! Matthieu Raitre est peut-être là ! hurla Jean.

— Je ne le vois pas. Qu'est-ce qu'ils veulent, bon sang, angoissa Yanis.

L'homme qui était à la fenêtre de Yanis sortit une arme et le braqua. Alors, sans plus attendre, Yanis écrasa la pédale d'accélération. Jean fut plaqué contre sa banquette. En face, quelques voitures traversaient et Yanis dû slalomer entre elles. Mais une voiture bleue surgit sur le côté et les percuta par chance uniquement sur le feu arrière, faisant pivoter la voiture de Yanis.

C'était pas prévu, ça !

— Vous devriez vous attacher, monsieur. On va essayer de les semer.

Le préfet s'exécuta et Yanis s'engagea sur un rond-point, poursuivit par trois voitures.

— Encore une course-poursuite ! Faudra que ça s'arrête ! cria le préfet.

Mais Yanis n'écoutait pas. Il y avait eu un écart dans le plan, et il espérait que ce soit le dernier. Il fallait également qu'il se concentre sur la route et conduire le mieux possible. Les premiers coups de feu se firent entendre de derrière. Heureusement, il était tôt, et la circulation n'était pas très dense. Aussi, Yanis multipliait les virages et deux voitures s'étaient déjà encastrées. Mais la troisième continuait de leur tirer dessus et se rapprochait dangereusement.

Alors il s'engagea sur l'Île de la Cité, longea Notre-Dame de Paris sous un vol de pigeon apeurés, rejoignit l'Île Saint-Louis, repassa au-dessus de la Seine et se perdit dans les rues. La voiture avait arrêté de les poursuivre, probablement semée sur l'une des îles.

Yanis roula plus calmement jusqu'à la préfecture de Paris sur l'Île de la Cité, convaincu que ses poursuivants ne reviendraient pas là. Jean était encore tout essoufflé et sous le choc de cette course-poursuite.

— Voilà, je crois que nous sommes en sécurité, conclut Yanis.

— Merci… Merci beaucoup pour ça.

Hors de la voiture, Jean se retint de vomir et Yanis le releva.

— Entrez, je vais avoir besoin de vous. Je ne sais pas comment vous êtes arrivés là, mais le vieux Michel Redel n'aurait jamais réussit ça.

— J'ai pleins d'autres compétences, vous savez, plaisanta Yanis en aidant le préfet à entrer dans le bâtiment.

Résultat des opérations pour Yanis : les balles à blanc avaient fait paniquer le préfet et la course-poursuite lui avait fait gagner une partie de sa confiance. Par contre, il n'avait pas prévu qu'un de ses compagnons allait lui rentrer dedans. Cela aura au moins le mérite d'avoir accentué le côté dramatique des choses.

L'infiltration ne faisait que commencer.

CHAPITRE 7
Voilà pour vous

Les nouvelles n'étaient pas bonnes pour Jean. Une journaliste un peu trop curieuse avait mené sa propre enquête et avait trouvé des preuves de l'innocence de Claire Balmeco et Howard Tomczak, et dénonçait un procès rapide et bâclé. Le flux des informations devenait incontrôlable à cause d'Internet, en deux jours la majorité des personnalités du monde soutenaient la demande d'explications. Les autres pays comme les États-Unis, le Japon, et même la Pologne, du fait des origines de Howard, se rejoignaient au mouvement. Déjà, le parallèle avec l'affaire Sacco et Vanzetti qui avait secoué les États-Unis dans les années 1920 était fait.

En moins d'une semaine, après avoir hurlé leur joie devant la décapitation, une grande minorité criait sa colère. Jean Baitaye semblait vouloir régler ce problème au plus vite et calmer toutes les tensions. Mais le véritable suspect avait surgi : Matthieu Raitre, et il brisait toutes les réconciliations que Jean aurait pu espérer.

Les révélations de la journaliste eurent un effet boule de neige. Sur les réseaux sociaux, les membres changeaient leurs photos de profil pour le drapeau de l'Organisation, rouge avec un poing jaune levé au milieu. C'était un symbole de soutien. L'ironie de la chose était que désormais peu revendiquaient leur présence ou leur engouement pour l'exécution de Claire et de Howard.

Halina Tomczak et ses deux enfants demandèrent l'autorisation de faire une marche funèbre pacifiste dans les rues de Paris, où le chemin se terminerait sur la place de la Concorde, où étaient mort son mari et son amie. Halina n'avait jamais douté de l'innocence de Howard, mais que peut faire une femme en deuil qui doit rassurer et protéger ses deux enfants ? La haine s'était aussi abattue sur eux.

Jean était perturbé dans son travail par une cinquantaine d'individus devant la préfecture qui clamaient la réhabilitation des deux innocents et le jugement du « bourreau en uniforme ». La pauvre Murielle au bureau du préfet était écrasée sous les appels d'insultes et de menaces qui se succédaient tout au long des journées. Le matin, elle arrivait à la préfecture avec la boule au ventre, craignant d'être prise pour cible, et quand elle prenait son poste, elle découvrit un répondeur surchargé au cours de la nuit. Même si elle n'était pas la cible des attaques, il lui arrivait parfois de craquer en rentrant chez elle. Personne ne peut tenir au milieu d'un tel déluge de haine.

Les premières manifestations apparurent, sporadiques et sans grandes importances, mais elles marquaient le début d'une déchirure bien pire que si le préfet n'avait rien fait depuis le début. Deux camps semblaient se dessiner et s'affronter : ceux qui soutenaient Jean et acceptaient la mort de Claire et de Howard contre ceux qui réclamait vengeance et une véritable justice. Jean perdit le soutien de ces derniers à tel point qu'ils oublièrent Matthieu pour le désigner lui comme principal ennemi. Et voilà qu'une chanson était composée pour Claire et Howard, inspiré d'un air en hommage à Sacco et Vanzetti ; c'était devenue l'hymne de ceux qui se battaient pour Claire et Howard.

Le préfet venait de recevoir la demande de Halina Tomczak pour la marche funèbre. Devait-il l'autoriser ou l'interdire ? S'il acceptait, il laisserait ses adversaires marquer des points, mais s'il la refusait, il deviendrait un tyran.

Tes adversaires, tu entends comme tu parles ? Ce sont des civils, qui ne veulent qu'honorer la mort de pauvres innocents que tu as condamné ! Il se frappa la tête. Les pensées se bousculaient dans son crâne. Il y avait aussi le risque que tous meurent dans une explosion.

Yanis s'approcha du préfet.

— Vous semblez anxieux.

Jean lui expliqua la situation, et Yanis apporta ses conseils :

— Vous devriez l'autoriser. Ils ne vont faire de mal à personne. En revanche, augmentez les contrôles pour éviter toute catastrophe. On ne sait pas où est ce Matthieu Raitre. Et je ne vous explique pas ce qu'il se passera si vous refusez. Il est bon pour votre image de les laisser faire ; restez humain et gardez en tête que vous les défendez.

Jean se sentait réconforté. Yanis l'aidait à y voir plus clair. Il lui fit confiance et autorisa la marche funèbre.

Eux aussi avaient le droit d'honorer leurs morts. Jean avait fait une erreur, il devait la reconnaître, et rester sage et malin. Et si Matthieu et son équipe faisaient tout exploser, il gagnerait en crédibilité.
Il pourrait raffermir son pouvoir.

Quatre autres personnes arrivèrent en fin de semaine au chalet dans le Morvan, apportant les dernières nouvelles de Paris. Il y aurait bien cette marche funèbre à la capitale. Une question était sur les lèvres de toute l'équipe : allaient-ils intervenir ? Matthieu y réfléchit longuement avant de donner son verdict.
— Non, nous avons déjà fait assez de mal comme ça à ces gens. Même si c'était plutôt amusant. (il chuchota cette dernière phrase avant de reprendre à voix haute :) Laissons-les, ils le méritent. Et qui sait, ça pourrait nous servir plus tard.

CHAPITRE 8
Tout se passe bien

Durant les journées qui suivirent, Lena s'était plutôt bien intégrée à l'équipe. Elle avait même trouvé une idée intéressante : faire des braquages. Ils n'étaient pas obligés de tuer des gens, et pouvaient se donner bonne conscience, tels des Robin des Bois. Au départ, Matthieu n'était pas très enjoué de cette proposition. Tuer des gens avait un impact plus fort. Mais en y réfléchissant, il se posa la question suivante : qu'est-ce qui compte le plus, aux yeux des Grands, que les vies humaines ? L'argent, bien sûr. Et là, les braquages prenaient tout leur sens.

Il ne leur restait qu'à trouver où. Paris était impossible d'accès, Lyon était sur ses gardes. Matthieu avait pensé à une ville du Sud de la France, un lieu stratégique qui, s'il se retournait dans son camp, leur apporterait un avantage. Il leur fallait également de solides bases. Par divers repérages, et grâce aux informations de Yanis, ils découvrirent deux France qui se dessinaient légèrement, mais de plus en plus, non plus seulement avec les idées, mais aussi géographiquement. Le Nord était favorable à Jean

Baitaye, et l'autre moitié du pays soutenait Claire et Howard, et indirectement l'Organisation ; la frontière s'étendait de La Rochelle aux Vosges. Cependant, il y avait quelques bulles selon les villes qui abritaient les partisans de l'un ou de l'autre camp.

Comme Paris voyait l'Organisation s'effondrer, celle-ci gagna en puissance à Toulouse, une des « bulles » du préfet dans la zone qui soutenait Claire et Howard. C'était la deuxième ville qui comptait le plus d'adhérents. Une petite étincelle pourrait l'embraser et la faire changer de côté. Matthieu et son équipe avaient les allumettes.

La route jusqu'à Toulouse fut compliquée pour Matthieu, il ne pouvait sortir de la voiture, n'importe qui pouvait le reconnaître. Ce fut également un grand moment d'anxiété, le conducteur respectait les limitations de vitesse pour ne pas se faire contrôler, et ils parcouraient la plus grande distance possible en une seule fois. Ils arrivèrent en milieu de matinée, sans plan bien précis. Matthieu avait décidé d'un fil directeur, mais pour le reste, il souhaitait suivre son instinct et le fil des événements, comme il avait fait pour beaucoup de choses ; d'autant plus que Yanis n'était pas à ses côtés pour le conseiller.

Une fois à Toulouse, ils suivirent plusieurs déviations causées par la marche funèbre en l'honneur de Claire et Howard. Toulouse tenait à célébrer la sienne. Ils garèrent les deux voitures dans une rue et rejoignirent le cortège. Matthieu avait un sweat à capuche qui cachait son visage tant bien que mal. Il avait l'impression que tout le monde le reconnaissait.

— Nous le faisons en hommage à Jade, mes amis, glissa-t-il discrètement à ses compagnons.

— Qu'a-t-elle fait ? demanda Lena.

— C'est elle qui a fait péter la mairie de quartier à Paris, lors de notre premier coup, répondit un coéquipier.

— Donc on lui rend hommage en faisant à peu près la même chose, conclut Matthieu.

La moitié du groupe se sépara pour suivre le dédale des ruelles jusqu'à la cible avec Lena, c'était le groupe A. Matthieu était resté dans le cortège avec l'autre moitié, le groupe B, il y avait trop de risque pour lui, il pouvait être reconnu par la suite.

Le groupe A arriva devant une banque au centre-ville et entra au compte-gouttes pour éviter de se faire remarquer. Lena rentra la dernière, in extremis, avant que le vigile ne verrouille les portes à l'arrivée du cortège. Les hôtes et les hôtesses s'occupaient de leurs clients, tandis que les autres se dirigeaient vers les portes et les fenêtres pour assister au défilé qui n'en finissait pas, allongé par l'étroitesse des rues.

Chacun des infiltrés palpa ses habits pour y sentir son arme. La banque n'était protégée que par un vigile, appelé spécialement pour dissuader les casseurs lors du passage du cortège.

Toute l'attention était tournée vers l'extérieur, les clients et certains employés ne se souciaient de rien d'autre. Le vigile se tournait parfois la tête pour contrôler l'intérieur de la banque. Lena était aux côtés de Jo. Elle était à la

fois excitée et anxieuse et regardait tout autour d'elle.
— Calme-toi, tu es trop suspecte.
— C'est mon premier braquage !
— Pour presque nous tous aussi, sauf pour Tim, qui est posté à la fenêtre. Il attend le signal.
— Tu connaissais Jade ?
— Un peu. Je ne crois pas qu'elle soit restée par choix dans l'explosion, sauf s'il y avait une bonne raison. Heureusement qu'elle était là, peu d'entre nous auraient eu le cran de faire ce qu'elle a fait.
— Elle s'était infiltrée à la mairie comme nous dans cette banque ?
— À peu de choses près, oui. La dernière fois que je l'ai vu, c'est quand je lui ai donné le sac qui contenait la bombe. Tu connais la suite.

Toute la conversation avait été chuchotée. Puis Tim repéra quelque chose dans le cortège. Matthieu passait juste devant la banque et lui faisait un signe de la main. Tim se retourna pour chercher Jo du regard. Le vigile le remarqua.
— Qu'est-ce que… Lui, ici ? (il regarda Tim) Eh, vous, qu'est-ce que vous faîtes ?
— Moi, rien, je vais juste attendre par là-bas.
— Non, tu restes là ! aboya le vigile.

Tim garda son sang-froid.
— Je suis juste venu pour…
— Braquer ? Pitoyable, pouffa le vigile.

C'était ironique, le vigile était un homme un peu bedonnant, habitué à regarder pendant des heures la foule s'agiter autour de lui sans jamais avoir à intervenir.
— Non, pour rétablir la justice.

À ce moment, il sortit son arme, imité par Jo et le reste de l'équipe. Le vigile fit de même et en une seconde ils se tenaient tous en joue. Les clients, attirés par le bruit, se baissèrent face à ce spectacle. Jo s'avança et prit la parole.

— On veut pas vous faire de mal. Mais vos patrons ont condamné deux pauvres innocents. Rétablissons la vraie justice, celle du peuple ! Que tous ceux dans cette banque qui sont dégoûtés par ce système nous rejoignent ! On a toutes les armes qu'il vous faut…

Jo déguisa son visage d'un sourire lugubre.

— Déverrouillez les portes, ordonna Lena.

— Pff, tu rêves, pesta le vigile.

Lena s'approcha violemment dudit vigile.

— On se calme, personne ne tire, calma Jo.

— Les gars, vous êtes même pas cagoulés, vous espérez quoi ? se moqua le surveillant en mauvaise posture.

— Pas besoin, le peuple est avec nous, contra Lena.

L'un des clients appuya au hasard sur tous les boutons d'un tableau de commandes, ce qui eu pour effet de déverrouiller les portes. Alors Matthieu s'avança, entra dans la banque et abaissa sa capuche.

— Salut tout le monde, sourit-il.

— Je l'avais bien reconnu ! hurla le vigile.

— Matthieu, on le fait ? demanda un des membres du groupe B, portant comme un lourd tapis roulé.

Matthieu acquiesça et un autre suivit avec une barre de fer.

— Mesdames et messieurs, nous prenons le contrôle de cette banque. Vous pouvez vous servir, lança Matthieu en écartant les mains vers le fond de la banque.

Le vigile crispa ses lèvres et Tim comprit qu'il allait tenter quelque chose. Il avait déjà vu ça dans un de ses précédents braquages. Mais alors, la dizaine de clients présents dans la banque se trouvèrent armés et pointèrent dès lors leurs armes sur le vigile, qui dut se rendre à l'évidence et se laisser faire. L'un des braqueurs lui arracha son badge, put accéder aux bureaux et déverrouilla les serrures magnétiques des coffres.

— Monsieur Raitre, vous avez vraiment fait sauter toutes ces bombes, et tué Claire et Howard ? demanda un homme dont la curiosité domptait la peur et la cupidité.

Matthieu le toisa en souriant. Il devait lever la tête pour le regarder.

— Je n'ai appuyé sur aucun bouton, et je n'ai pas ordonner la peine de mort pour ces deux innocents. Mais oui, j'ai organisé des attentats à la bombe dans le seul but altruiste de vous aider, vous tous. Regardez comme le pays a changé depuis ! Regardez, maintenant vous pouvez devenir riche.

Il tendit la main et désigna la direction des coffres. La priorité était de garder son rôle de Robin des Bois que ses coéquipiers avait commencé à créer quelques minutes plus tôt. Ils attachèrent le vigile et les civils allèrent se servir autant qu'ils pouvaient. Quelques curieux du cortège entrèrent dans la banque et la pillèrent également, attirant de plus en plus de monde.

Matthieu était acclamé par tous les pillards de la banque. Ce n'était pas l'ennemi désigné par le pouvoir, les grands, ceux qui ne s'occupent pas du bas-monde, mais un héros. C'était lui, le nouveau visage de l'Organisation, d'un vent de liberté, pendant ces quelques instants d'euphorie.

Lena, euphorisée par leur réussite et le soutien des Toulousains, sauta dans les bras de Matthieu. Celui-ci voulut l'embrasser, mais il n'en eut pas le courage.

Sur le toit, les compagnons avaient planté la barre de fer et attaché l'épais rouleau, qui se déplia. Ils tirèrent sur une corde et le hissèrent haut au-dessus de la banque. C'était un drapeau rouge avec un poing jaune au milieu. Le drapeau de l'Organisation.

Il flottait au-dessus de Toulouse.

CHAPITRE 9
Entrevue royale

Il devenait de plus en plus évident pour le préfet Jean Baitaye que Matthieu Raitre avait réussit à quitter Paris. Par d'habiles manipulations politiques – et grâce au soutien de Yanis –, il avait gagné encore plus de pouvoirs, s'appuyant encore sur la peur. Jean avait augmenté le nombre de patrouilles et de contrôles dans la capitale. Mais comme ils ne trouvaient pas Matthieu, Yanis lui conseilla de lever le barrage qui étranglait la ville depuis une semaine. Cela avait apaisé les tensions et Paris n'avait plus le rôle d'une ville à part, une forteresse sombrant petit à petit dans la paranoïa, s'étouffant elle-même. Encore une fois, Yanis avait eu une bonne idée.

Jean retrouva Matthieu avec stupeur : Toulouse était tombée aux mains de son ennemi. Une ville importante, dans cette France qui se coupait indéniablement en deux, qui lui filait entre les doigts. Yanis, secrètement, jubilait également. Il avait enfin un moyen de reprendre contact avec Matthieu et ils pourraient passer ensemble, peut-être, au plan de la mort du préfet.

Paris se balançait désormais entre les deux camps. Là-bas, tout était accentué, multiplié par l'étranglement que le préfet lui avait fait subir. Quelques échauffourées avaient parfois lieu, mais les forces plus ou moins armées qui circulaient jour et nuit dans les rues de la capitale les réprimaient rapidement.

Yanis eut une idée qui ravit le préfet. Comme il avait acquit tellement de pouvoir et devenait le « comte de Paris », il lui proposa de se comporter comme un roi. Jean aimait la monarchie, ce contrôle de l'élite, ce système qui s'engrenait parfaitement, enroué vers la fin par les premières contestations sociales, qui bouleversaient encore l'équilibre de son pouvoir. Il fallait réprimer cette Organisation une bonne fois pour toute, et, selon Yanis, éviter les bains de sang. Jean l'avait déjà bien assez fait couler.

Jean convoqua donc le président Fouair de l'Organisation. Il avait préparé sa salle de réception. Il était assis à son bureau garni d'or. Derrière lui, une cheminée, agrémentée d'un tableau de Louis XIV, et un buste de Marianne. C'était assez contradictoire, mais cela montrait qu'il voulait être un personnage tout-puissant dans la République. Tous les meubles évoquaient les appartements royaux du XVIIIe siècle. Au fond, dans un coin, un quatuor a corde jouait une musique de fond, prêts pour l'entrée de l'invité. Puis un homme habillé d'un manteau à queue-de-pie, une chemise blanche, un pantalon noir et une écharpe rouge qui passait devant son manteau en diagonale, frappa cinq fois sur le sol à l'aide d'un bâton, et cria :

— Monsieur Fouair, président de l'Organisation.

Jean sourit, une boule d'excitation dans le ventre. Il aimait cette situation. Yanis, dissimulé dans l'ombre de la pièce, le regarda faussement fier. Puis Fouair arriva. Lui, en revanche, était habillé d'un manteau marron sans grande classe, et d'une chemise grise, autrefois certainement plus blanc que du cristal de roche. L'orchestre se mit à jouer, haut et fort, la Marche des Turcs de Lully. Ironique ; c'était une idée du préfet cette fois.

Fouair regarda le spectacle complètement dépité. Jean lui fit signe de la main pour s'asseoir sur une chaise en face du bureau. Ils attendirent la fin du morceau, puis il prit la parole.

— Monsieur Fouair, aimez-vous mon nouveau palais ? ricana Jean.

— Vous n'aviez pas besoin de m'inviter dans votre modeste bureau pour me montrer l'étendue de votre folie.

— Ah oui ? Vous le trouvez modeste ? C'est possible, j'avais quelques idées pour l'améliorer. On verra ça plus tard. Savez-vous pourquoi je vous ai fait venir ?

Jean était droit dans son fauteuil, les bras allongés sur les accoudoirs. L'homme au bâton qui avait annoncé Fouair se tenait droit, la tête levée. Yanis craignait que Fouair ne le remarque. Il n'avait pas pu éviter l'entrevue, Jean tenait à ce qu'il reste avec lui. Alors il s'était caché, devenant une silhouette noire que personne ne pourrait reconnaître. Fouair était un sexagénaire qui avait déjà affronté des caractères bien plus trempés que le préfet – mais jamais autant excentrique.

— Dites-moi tout, monsieur le préfet.

Fouair insista sur le mot « préfet ».

— Vous n'êtes pas sans savoir que la France se divise entre ceux qui vous soutiennent, comme Matthieu, et les gens encore censés, mais je ne jette la pierre sur personne.

— Vous faites bien, elle pourrait vous revenir dessus.

— Je vous trouve agressif, monsieur Fouair. Vous savez, je ne vous ai pas convié ici pour vous faire des menaces.

Jean fit un signe discret à l'orchestre qui entama une mélodie de fond, toujours dans le thème de Lully.

— J'attends toujours de savoir pourquoi je suis dans le palais de l'excentricité.

— Bien, vous allez le savoir, soupira Jean. Je vous demande, pour le bien de notre nation, de dissoudre l'Organisation. Complètement, et sans attendre.

Fouair sembla recevoir un coup à l'intérieur de son crâne. Il avait lui-même fondé l'Organisation il y a de ça une dizaine d'années, et elle rassemblait encore plusieurs milliers de personnes. Certes, le climat était tendu, mais il n'était en rien responsable de tout ça.

— Quoi ? Vous ne pouvez pas me punir pour ce qui se passe actuellement !

— Et pourtant… je le fais, dit Jean en faisant la moue.

— C'est vous, et vous seul, qui êtes responsable de tout cela ! continua Fouair. Je refuse catégoriquement !

— Je crains que vous n'ayez pas le choix.

— Et sinon quoi ? pouffa Fouair. Vous allez m'exécuter sur la place publique comme vous le faites si bien ?

— Vous êtes tous témoins ? Ce n'est pas moi qui ai proposé l'idée. Bien, vous avez dix minutes pour y réfléchir, j'ai quelque chose de royal à faire, si vous voyez ce que je veux dire.

— Non, absolument pas.

— Tout le monde, suivez-moi. Laissons monsieur Fouair prendre la bonne décision.

Jean se leva et le quatuor entama la Marche Royale de Lully. Il avait une véritable obsession pour lui, pensa Fouair. Tous ceux qui étaient dans la pièce sortirent, Jean en dernier. Yanis cacha son visage. Avant de franchir le seuil, il lui glissa un dernier mot :

— Profitez bien de ce décor. Espérons que ce ne soit pas l'un des derniers que vous voyez.

Puis il sortit. Au bout de dix minutes, sous la musique du quatuor, l'annonceur cria l'arrivée de Jean et Yanis. Fouair ne releva même pas ce nom. Tous reprirent leurs places.

— Alors, vous avez décidé ?

Fouair avait les yeux rouges, comme s'il avait pleuré.

— J'ai déjà signé le papier, que vous avez « discrètement » laissé sur votre bureau. L'Organisation est dissoute. Je crois que vous avez gagné cette bataille, monsieur Baitaye.

— Et bientôt la guerre, s'enthousiasma Jean.

— Ça, je n'y mettrais pas ma tête à couper.

Et d'un air triste et abattu, Fouair quitta la salle, sans aucun mot de plus. Jean frappa dans ses mains et jubilait. Il se leva et serra la main de Yanis.

— Ensemble, nous allons faire de grandes choses. Nous bâtirons un monde meilleur. Nos ennemis disparaissent un par un. Tendons un piège à ce Matthieu, et tous les deux, nous pourrons enfin prendre le contrôle de ce pays.

Yanis se joignit à cet enthousiasme, qu'il ne partageait pas réellement. Il avait le sien : grâce à cette dissolution, Matthieu allait prendre la place et fonder sa propre Organisation. Il s'était fait une nouvelle réputation, le vengeur de Claire et Howard, le porteur d'espoirs et de changements. Et beaucoup s'accordèrent à dire que, finalement, la violence semblait faire changer les choses.

CHAPITRE 10
Prise de parole

C'était officiel, l'Organisation n'existait plus. Des deux factions qui se frictionnaient, appelant inévitablement le conflit, il n'en restait qu'une. Le combat pour Claire et Howard semblait vain. Mais Matthieu ne s'avouait pas vaincu. Il était toujours là, toute une ville pour lui, une équipe au complet, un pion chez les ennemis. Non, la dissolution de l'Organisation n'était pas un drame. Ce n'était qu'un nom qui disparaissait, mais les mouvements et les idées étaient toujours là. Le drapeau rouge à poing levé jaune flottait toujours au-dessus de Toulouse. Et tant qu'au moins un se balancerait dans le vent, Matthieu continuerait son combat.

Yanis parvenait désormais à les contacter. Ses atouts allaient prendre sens dès ce moment. Il lui conseilla de ne pas laisser tomber une structure qui existait déjà, dans laquelle beaucoup se reconnaissaient et voulaient se battre pour elle. Alors Matthieu se proclama comme le chef de la nouvelle Organisation, qu'il renomma en Mouvement de Libération Français. Et alors, pour la première fois, il prit la décision d'apparaître et de s'adresser à tous. De toute façon, son visage était connu, et ce n'était pas un secret qu'il avait pris place à Toulouse.

Matthieu s'installa dans un bureau de l'hôtel de ville, une caméra face à lui. Il avait improvisé quelques mots sur une feuille, mais le texte était dans sa tête. Il allait être retransmit en direct sur Internet. Lena était derrière la caméra, elle voulait être aux premières loges quand Matthieu avancerait ses pions. Matthieu attendit le signal pour commencer à parler, puis ce fut son tour.

— Bonjour à tous. Voici le visage de votre sauveur. Je ne suis plus à présenter. En revanche, Jean Baitaye aimant faire des allocutions, je me suis prêté au jeu, et je m'adresse à vous, directement.

» Vous savez tous que l'Organisation a été dissoute suite à une manipulation de Jean Baitaye. J'ai donc prit la décision, avec mon équipe, de la sauver, et c'est pourquoi nous formons le Mouvement de Libération Français. Nous devons nous libérer de l'emprise du préfet, qui gagne de jour en jour du pouvoir. Et nous devons le faire par le mouvement, par l'action concrète, activement. C'est pourquoi je vous appelle tous à nous rejoindre, malgré les diffamations que nous avons pu recevoir, et vous demande de semer le chaos autour de vous. Nous avons libéré la ville de Toulouse par un simple braquage de banque qui n'a fait aucune victime. Jean Baitaye a étouffé Paris, et toute la moitié Nord de la France me rappelle la sombre époque de l'occupation. Souhaitez-vous être opprimé par vos concitoyens ?

» Alors libérez-vous, rejoignez-nous. Nous pouvons changer la France, la rendre meilleure, la purifier. Pour reprendre la métaphore des fruits de Jean Baitaye, ne laissons pas les vers nous dévorer. Battons-nous pour notre liberté, pour être des Hommes et pas du bétail ! Établissons une véritable société juste ! Alors pillez, volez, battez-vous contre la gangrène qui nous contrôle ! Paris, nous viendrons te libérer.

Il conclut son discours en une minute tout au plus, sa stratégie étant de s'adresser brièvement au plus grand nombre, sans tomber dans des discours pompeux et assommants.

La caméra se coupa, la transmission s'arrêta, laissant les spectateurs réagir entre eux. Matthieu quitta le bureau. Il avait revêtu l'un des costumes de son père, qui lui était trop grand, mais cela ne se voyait pas à l'écran.

Jean Baitaye n'avait pu qu'assister passivement au discours. Malgré ses ordres, ils n'avaient pas réussit couper la transmission, ce qui aurait été une erreur selon Yanis. La censure lui aurait fait plus de tort que de bien.

Il était clair pour Jean que Matthieu appelait à la guerre civile. Il essayait de se donner une bonne image, un sauveur, retournant la situation et créant un nouveau mouvement où Jean n'avait aucune emprise. Il rentra chez lui tard la nuit, conduit par Yanis, transformant sa colère en profond désespoir. Sa femme dormait déjà, alors il rentra dans la chambre sur la pointe des pieds. Il se glissa dans le lit et se colla contre elle. Une terrible décision lui parcourait l'esprit depuis quelques heures. S'il la prenait, il n'aurait aucun retour en arrière possible, et les conséquences risquaient d'être terrible. C'était un dangereux pile ou face, réglant le problème une bonne fois pour toute ou le condamnant à sombrer dans une instabilité plus grande encore que ce qu'elle peut être pour le moment. Puis il repensa à Claire et Howard. Ce dernier aurait sûrement aimé serrer sa femme et ses enfants dans ses bras. Quant à Claire, elle aurait continué son service, ses manifestations, sa vie tranquille. Mais il les avait tué, à cause de lui tout s'était effondré. *Non, c'est Matthieu Raitre. Lui seul est responsable de tout ce qui se passe.* Une larme coula sur la nuque de son épouse. Il repensa au visage de Claire au restaurant, la première fois qu'il l'avait vu ; il revoyait la famille Tomczak au tribunal, abattue par les accusations – plus ou moins vraies – qui fusaient, et Howard qui tentait de rester le plus rassurant possible devant ses enfants ; puis ce fut l'image des deux têtes coupées net qui lui arriva en mémoire. Il aimerait tout recommencer, au moins au moment de l'exécution, tout annuler et se concentrer sur Matthieu Raitre, mais c'était impossible. Les choses appelaient à se dégrader.

CHAPITRE 11
La tempête gronde

Le président de la République Basten avait appelé Jean tôt le matin. Yanis était resté juste à côté, prêt à donner ses idées. Basten s'énervait de la lenteur et de la tournure prise par les événements. Il conseilla à Jean de se concentrer et d'agir avant qu'il ne soit trop tard, et qu'il ne lui arrive quelque chose. Basten était resté mystérieux sur ce « quelque chose ».

— Vous vous prenez pour un roi, mais vous n'êtes rien. Occupez-vous de ce nabot, comme vous auriez dû le faire quand il était faible. La moitié du pays le soutien désormais. Faites-le avec le moins de dégâts possibles.

Jean regarda Yanis, attendant ses conseils.

— Dîtes-lui que vous avez besoin de plus de pouvoirs.

— Il me faut un plus grand rayon d'action. Je n'ai pas assez de cartes de mon côté pour l'arrêter.

— Ne tirez pas trop sur la corde, monsieur Baitaye. Vous finirez par lâcher, et une lame vous tombera dessus.

Après quelques négociations, Basten finit par conclure :

— Je vous accorde le contrôle de quelques forces armées. Il veut la guerre, et il en a après vous. Vous allez la mener et l'écraser. Compris ?
— Oui, monsieur le président.

Basten raccrocha. Jean était tout penaud, et Yanis faisait les gros yeux. Voilà exactement ce que Jean redoutait quelques heures plus tôt : livrer bataille. Tirer sur la foule. Ordonner la mort d'autres personnes. Au cours de son existence, seules deux personnes sont mortes par sa faute, et c'était déjà trop pour lui.

Mais il n'avait pas d'autres choix. Alors il commanda à l'armée de se tenir prête. Il allait mener l'assaut sur Toulouse. Il appela une cinquantaine de chars d'assaut, un avion et mille hommes. Il estimait cela suffisant contre une ville très peu armée.

En revanche, le soleil se levait à peine qu'une dizaine de villes dans tout le territoire présentaient au moins une attaque à la bombe contre un bâtiment important ou un braquage. Le discours de Matthieu avait fait son effet. On s'approchait de la fin du mois d'octobre, et Halloween menaçait de devenir réelle.

À midi, les troupes prenaient la route de Toulouse. Yanis avait prévenu Matthieu de l'approche dangereuse des combats. Ils devaient fortifier la ville rose avant qu'elle ne devienne rouge sang. La panique était totale, et beaucoup voulaient fuir. Mais Matthieu, peut-être pour impressionner Lena par son courage, voulut rester et mener le combat. Alors ils fabriquèrent un nombre important de bombes artisanales quand ils ne préparaient pas des défenses. Yanis leur avait transmis le nombre exact de troupes en marches, ils avaient au moins ça comme avantage.

Des chasseurs qui soutenaient le Mouvement de Libération Français et qui restaient défendre leur ville avaient ramené des armes. Quelques ingénieurs en herbe improvisèrent des pièges tout autour de la ville. Ce combat représentait beaucoup. Il était le signe de l'excès du pouvoir central et de la violence contre les plus faibles ; mais aussi une marque d'indépendance du Mouvement de Libération Français. Ils ne pouvaient pas éternellement fuir, il leur fallait combattre un jour ou l'autre, tenir tête ; en plus, une victoire les rendrait encore plus puissants.

Le soir-même, Toulouse était prête à subir un siège. En revanche, ils n'avaient rien pour affronter l'avion, et contre les chars, ils n'avaient que des bombes artisanales. Quant aux militaires surentraînés, ils devraient compenser par leur détermination.

Mais beaucoup avaient fui, s'étaient réfugiés soit dans une autre ville du Mouvement, soit avaient rejoint une ville qui soutenait le préfet. La dernière chose que souhaitait Matthieu était la présence de traîtres dans ses rangs.

Devant la fenêtre de son bureau à l'hôtel de ville, il se perdit dans ses pensées. Il se revoyait dans les manifestations, ou dans sa cave à prévoir ses coups, Yanis a ses côtés. Il repensa à Claire et Howard. Ils prônaient les contestations douces, mais malgré eux ils avaient plongé le pays dans des troubles bien plus grands que ce qu'ils auraient imaginé. Et c'est Matthieu qui commandait. Jean Baitaye envoyait ses pions sur le front, attaquer directement le roi pour le mettre en échec et mat. Mais Matthieu avait une tour dans les lignes ennemies. Malheureusement, quand Jean attaquait avec des cavaliers et des fous, Matthieu se défendait avec des pions. C'est la stratégie qui allait l'aider à gagner. Autrement, il serait annihilé et finirait sur l'échafaud. Cette pensée lui procura des frissons.

Il n'avait pas dormi de la nuit, trop anxieux de l'affrontement. Le soleil se levait paisiblement, ignorant tout des enjeux de ce bas-monde, sans importance pour lui. Tout continuerait normalement, peu importe le gagnant. Mais pour les mortels d'ici-bas, c'était tout leur monde qui était en jeu. Lena le rejoignit et se mit contre lui. Elle aussi avait très peu dormi. Pendant un instant, Matthieu oublia tout, il était ailleurs, et cela lui fit du bien. C'était elle, sa reine. Il devait la protéger, elle lui sera d'une grande aide. Mais Jo rentra brusquement dans le bureau avec une mauvaise nouvelle, que tous attendaient.

L'ennemi était là.

CHAPITRE 12
Poing de fer

Le préfet était déterminé à en finir. Il comptait beaucoup sur la dissuasion pour éviter un bain de sang. Il voulait vaincre Matthieu, pas tuer ses compatriotes.

Ce qui était étonnant dans cette bataille, c'est que les deux leaders restaient chacun dans leurs coins. Jean restait dans son bureau à Paris, et Matthieu avait barricadé l'hôtel de ville. Cela est compréhensible pour le préfet, mais Matthieu, qui se voulait différent et proche de son « peuple », comme il pouvait enfin le dire, ne montait pas au front. Tous les autres, Lena, Tim, Jo, étaient prêts à tendre des embuscades, à se battre jusqu'à la mort. Autrement, tout ce qu'ils avaient pu faire jusqu'à maintenant n'aurait eu aucun sens.

Le bruit sourd d'un moteur se fit entendre, montant de plus en plus. L'avion ennemi s'approchait de Toulouse. C'était un Rafale, qui ne faisait que survoler dans un premier temps la ville, sans tirer. Les défenseurs tremblaient en le voyant passer au-dessus d'eux, craignant qu'une bombe ne leur tombe dessus.

Puis ce fut au tour des chars de s'avancer, encadrés par l'infanterie. Ils encerclaient complètement la ville, ne laissant aucune échappatoire aux civils retranchés. Le Mouvement de Libération Français pouvait compter sur le soutien de quelque cinq cents hommes et femmes légèrement armés, pas du tout entraînés, mais galvanisés par la haine contre l'oppresseur.

Les petites villes autour de Toulouse furent rapidement envahies, peu voire pas du tout défendues. L'armée condamna les bouches de métro pour éviter les embuscades et les fuites. Pour l'instant, aucun mort n'était à déplorer. Jean recevait en direct les détails de l'intervention. Il était satisfait de l'avancée de ses troupes sans encombre. Yanis, toujours à ses côtés, craignait que ce ne soit la fin pour lui. Si Toulouse tombait, personne n'oserait continuer leur combat, et Yanis sera découvert.

Et alors que les chars avançaient prudemment dans les rues, les premières mines explosèrent. Une petite dizaine de chars devinrent inutilisable, et les soldats qui avaient eu le malheur d'être à portée furent soufflés. Alors les premiers combats commencèrent vraiment, surgit de nul part, des dizaines de civils armés de fusils de chasse et de carabines tiraient sur les soldats à découvert, qui répliquaient avec la même férocité. Tous avaient mis de côté le fait de tirer sur leurs concitoyens, des frères et des sœurs, et il le fallait ; seul un camp pouvait sortir vainqueur, et chacun voulait que ce soit le sien.

Les chars restants tirèrent sur les misérables barricades qui s'élevaient dans les artères de la ville. Elles étaient composées des meubles que les habitants avaient bien voulu mettre à contribution ; ou avaient pillé chez ceux qui avaient fui la ville. Quelques hérissons, censés retenir les chars, ne le firent que quelques minutes, parfois suffisantes pour poser une bombe sur un blindé et le faire exploser. D'autres fois, c'était inutile, et les corps des civils recouvraient de plus en plus les rues, en nombre largement supérieur à celui des soldats.

Plus au Sud, les combats se rapprochaient de la Garonne. Si les troupes du préfet passaient le fleuve, elles n'auraient plus que quelques escarmouches à vaincre avant d'atteindre l'hôtel de ville. Mais rien ne semblait enliser l'avancée. L'avion revenait survoler la ville et larguait ses bombes. Les bâtiments volaient en éclats, tels un visage tombant, défiguré, dévoilant son intérieur. Les rues accueillaient les débris de briques, de plâtres, de tuiles et étaient, par endroits, parsemées de trous d'obus. L'avion n'avait fait qu'un passage, mais les défenseurs sud avaient grandement souffert.

Ils prirent alors la décision de se replier sur les ponts. Ils s'installèrent derrière les barricades, ouvrant le feu sur les soldats qui s'approchaient un peu trop. Parfois, une mine explosait, sans incidence sur l'avancée ennemie. Ils furent une nouvelle fois obligés de se replier, de l'autre côté de la Garonne. C'était leur dernière chance d'enliser l'avancée ennemie. Les chars s'avançaient sur le pont, brisant de leurs chenilles les barricades de meubles et de voitures. Puis soudain, deux gerbes de feu, chacune sur un côté du pont, s'élevèrent au-dessus de la ville. Toute la structure se trouva grandement fragilisée et s'effondra dans le fleuve. Les chars coulèrent, aspirants les soldats qui voulaient remonter à la surface. Ceux qui n'étaient pas mort dans l'explosion ou par la chute peinaient à rejoindre la berge sous le poids de leur équipement.

Un peu plus loin, un autre pont explosa. Puis un autre. Toulouse était rapidement coupée en deux. Tous les ponts venaient de s'effondrer dans la Garonne avec les soldats qui les traversaient au même moment. De l'autre côté, les ennemis se réorganisaient. Les combattants du Mouvement de Libération Français fêtaient leur petite victoire, de courte durée.

Car à l'autre bout de la ville, sous la pluie de bombes, il était impossible de retenir l'ennemi. Malgré tous leurs efforts, ils étaient à moins d'un kilomètre de l'hôtel de ville. Là-bas, Matthieu pouvait entendre, et presque voir, les affrontements qui se rapprochaient de lui. Il cherchait un plan de secours, qui le sauverait ; ou tout condamner, tout détruire pendant qu'il le pouvait encore. Il mourrait ici, en n'ayant même pas accompli la moitié de ce qu'il avait pu penser. Son père aurait été désespéré. Il aurait eu un autre exemple de son idiotie.

Lena défendait l'avenue principale, celle qui reliait directement à l'hôtel de ville. Avec son équipe, ils avaient causé de lourds dégâts. Mais ce n'était pas suffisant. En revanche, il y avait un char seul, séparé des autres lors des combats, dans une rue perpendiculaire. Alors elle demanda une diversion, appela deux autres membres de son équipe et ensemble, ils se dirigèrent vers le blindé en rampant.

La diversion était faite par le passage de quelques combattants, le char pointait son canon là où il y avait du mouvement. Aussi silencieusement que possible, Lena s'approcha du char. Une fois à bonne distance, elle sauta dessus, suivie de ses deux compagnons. Ils assommèrent le soldat placé sur la tourelle, qui n'avait rien vu venir, et ouvrir la trappe. Un soldat le remarqua.

— Attention, ils sont juste au-dessus ! cria-t-il à ses coéquipiers.

Lena lui tira une balle dans le visage, ce qui le fit taire. Le pilote laissa tomber les commandes et se précipita vers l'entrée pour chasser les intrus. En vain. Sans armes, il n'avait aucune chance. Pendant que Lena rechargeait, c'était un autre qui tirait. Le dernier membre de l'équipage se jeta sur la radio pour prévenir ses camarades, mais il n'eut que le temps de saisir le micro avant de s'effondrer.

Ils célébrèrent leur victoire, sortirent les corps du blindé et prirent place. Autour, ceux qui avaient fait la diversion sortaient de leur cachette et levaient leurs armes en l'air. Après plusieurs heures de combat, la bataille prenait une autre tournure. L'avancée au sud de Toulouse était bloquée momentanément par le fleuve, tandis que le Mouvement de Libération Français venait de s'emparer d'un blindé.

Cependant, il restait encore une dizaine de chars et l'avion qui avançaient vers l'hôtel de ville. Après quelques essais, ils parvinrent à déplacer avec aisance le blindé volé. Des détonations se faisaient entendre sur l'Allée Jean Jaurès. Ce n'était pas bon signe. Encore quelques mètres, et l'armée du préfet atteindrait l'hôtel de ville. Lena criait la direction à prendre pour endiguer au mieux l'avancée. Sur le chemin, l'avion les survolait. Il ne largua aucune bombe, les prenant pour des alliés. Alors ils s'arrêtèrent et attendirent son passage. Lena voulait tenter le tout pour le tout, le détruire une bonne fois pour toute. Ils n'auraient droit qu'à un seul essai. Si l'obus passait juste à côté, il reviendrait les bombarder.

L'avion arrivait à grande vitesse. La fenêtre de tir était courte, et Lena, qui contrôlait le canon, n'avait aucune expérience dans ce domaine. Elle inspira, calcula la trajectoire approximative de l'avion, anticipa son trajet par rapport à l'obus, et une fois qu'elle se jugea prête, elle tira. Le temps semblait s'étirer, l'avion faire du sur-place et l'obus encore attaché au canon. Mais aussi longtemps que cela puisse durer, l'obus avançait en même temps que l'avion.

Le pilote remarqua du coin de l'œil un projectile jaune et orange qui lui arriva dessus. Il eut alors le réflexe de donner un coup dans le guidon.

Lena était persuadée d'avoir raté son tir, qu'il allait passer à quelques centimètres de l'avion. Mais le mouvement de recul que le pilote avait eu le fit dévier de sa trajectoire et l'obus le percuta de plein fouet dans l'aile. L'avion tourna sur lui-même, piquant dangereusement vers le sol, puis s'écrasa dans une gerbe de feu et un vacarme assourdissant.

Tous les combattants l'avaient vu tomber du ciel. C'était un signe d'espoir ou de désespoir selon le camp. Le blindé volé reprit son chemin vers l'allée Jean Jaurès où des mines explosaient sans cesse, où chaque fenêtre tendait une embuscade, mais où les hérissons et les barricades étaient inutiles. Enfermé dans son hôtel de ville, Matthieu se tenait le ventre. Il avait horriblement mal. La défaite se rapprochait dangereusement de lui. Il repensa à Claire et Howard et cela suffit à le faire sourire. Au moins, s'il devait mourir aujourd'hui, ou cette semaine sur l'échafaud, il s'était bien amusé. Il s'était prouvé que c'était quelqu'un de malin, de fort et d'intelligent, contrairement à tout ce qu'il a pu entendre dans sa vie. Peut-être que son père avait vu tout ça de là où il était, et il assistait désormais à sa chute. Non, la chute n'était pas envisageable. Il devait se battre lui aussi. Il prit une arme qu'il avait gardée si les choses tournaient mal et sortit de l'hôtel de ville. Il s'avança prudemment, inquiet malgré tout, vers l'endroit d'où provenaient les détonations. Il avait une bombe sous la chemise blanche qu'il avait empruntée à son père, juste au cas où. Il marcha, et à chaque pas, il se souvenait d'un moment de sa vie.

Lui seul dans la cour de l'école.

Moqué à cause de son corps chétif.

Insulté.

Humilié.

Brutalisé.

Mais il y avait aussi de bons moments, comme lorsqu'il était dans le chalet au Morvan avec sa famille.
Ses amis de l'Organisation.
Sa première bombe à Paris.
Claire et Howard.
Lena.
Le jeu d'échec géant contre le préfet.
Lena.

Elle lui revenait de plus en plus en mémoire, et ce fut la dernière chose à laquelle il pensa alors que le canon d'un char le pointait. Sans s'en rendre compte, il était arrivé sur le lieu de l'affrontement. Tous les coups de feu s'arrêtèrent immédiatement. Des soldats lui demandèrent de jeter son arme et de se rendre. Les défenseurs de Toulouse baignaient dans l'incompréhension.

Puis, surgit de nul part, un blindé traversa l'Allée perpendiculairement et tira sur un autre char. Celui-ci n'explosa pas, mais tangua énormément. Le blindé disparut dans une autre rue. Les défenseurs, du haut des immeubles, ouvrirent le feu sur les soldats hagards. Le blindé repassa et tira de nouveau. Matthieu reçut comme un choc électrique dans le cerveau et courut se cacher derrière un reste de barricade.

— Il est juste là ! Priorité sur lui, on le veut vivant ! hurla un soldat.

L'armée reprit son avancée, quelques mètres les séparaient de Matthieu. Les balles pleuvaient, mais cela ne les empêchait pas de marcher. Matthieu tira au-dessus de lui, au hasard. Le char de Lena s'arrêta au milieu de l'Allée. Le dernier obus venait de partir. Il manqua sa cible. Tous les autres chars se retournèrent, prêts à faire feu. Matthieu entendait le bruit des bottes des soldats marchant sur les débris des bâtiments et les éclats de verre. C'était fini.

Mais quelque chose d'inattendu se produisit. Des centaines, des milliers de voix résonnèrent dans toute la ville, autant de civils venus se battre de toute la région pour défendre Toulouse. L'immense mouvement de troupes déployé par le préfet n'était pas passé inaperçu, et la nouvelle de l'attaque avait été partagée sur Internet. Désormais, l'armée avait le choix : se battre jusqu'au bout et tuer des centaines de civils, ou déposer les armes sans faire plus de morts. Le vent venait de tourner.

À Paris, dans son bureau, le préfet assistait au déploiement inattendu. Grâce à une caméra placée sur un soldat, il pu voir son ennemi sortir de sa cachette, tout sourire. Jean s'énerva et demanda un nouveau conseil à Yanis :

— Je ne peux quand même pas ordonner de tirer sur tant de civils, si ?

— Vous seul savez quoi faire, Jean.

Le préfet hésita.

— Bien, on dépose les armes.

Il s'énerva et jura. Il venait encore de perdre, mais il sentait qu'il fallait mieux s'arrêter là plutôt que de faire un bain de sang qui aurait ternit à jamais son image.

L'ordre parvint aux soldats qui se rendirent immédiatement. La foule était en délire dans un Toulouse détruit, avec des bâtiments éventrés, des rues remplies de cadavres et de carcasses de véhicules militaires ou civils. Matthieu venait de détruire tous les pions du préfet. Il ne restait que le roi.

CHAPITRE 13
Pleurs et réjouissances

Déployer l'armée, en plus pour perdre, était pour sûr une erreur. Les tensions n'avaient jamais été aussi hautes. Les derniers qui soutenaient encore le préfet se battaient contre les nouveaux membres du Mouvement de Libération Français. Les braquages s'accéléraient contre les lieux importants du pouvoir. Matthieu avait réussi à instaurer l'anarchie. Il était la tête forte du Mouvement ; et il pouvait enfin parler de *son* peuple.

Toulouse avait été rafistolée tant bien que mal après une nuit de célébration. Matthieu avait été interrogé sur son acte, et il s'était justifié en avançant qu'il voulait sauver tout le monde et arrêter la bataille.

Durant la soirée, un homme s'était joint aux festivités. Il s'approcha de Matthieu et de Lena qui discutait. Celle-ci le reconnut.

— Raphaël, qu'est-ce que tu fais-là ?

— Je te retourne la question.

— C'est qui ? demanda Matthieu.

— Mon co...locataire, improvisa Lena.

— Sérieusement, un colocataire ? Tu aurais au moins pu me dire que tu allais bien. Je t'attendais, et j'ai dû te voir à la télévision pour savoir que tu étais à Toulouse à livrer bataille !

Matthieu voulait se montrer fort devant Lena.

— Bon, écoute mon gars, va prendre un verre ou dégage. On est occupé là.

— Toi, tu la fermes !

Raphaël décocha un coup-de-poing dans la joue de Matthieu, qui tituba. Celui-ci, se sentant humilié, lui sauta dessus avec beaucoup moins de grâce. Jo, alerté par le mouvement, se précipita et sépara Matthieu et Raphaël. Lena s'occupa de la joue de Matthieu. Raphaël recula.

— Allez-y, amusez-vous ! Mais le préfet reviendra, et vous finirez tous sur la guillotine ! Une dernière chose Lena, c'est toi qui a posé les bombes à Lyon ?

Lena le regarda, hésitant à répondre, mais Matthieu la devança.

— Oui, c'est elle. Y a un problème avec ça ?

— Peut-être bien, oui ! En tout cas, le préfet sera satisfait de ces informations !

Il cracha et partit. Il souhaitait rejoindre Paris, donner toutes ses informations au préfet pour rattraper Matthieu et Lena. Mais il n'y parvint jamais. Un groupe de cinq personnes le suivit discrètement et le frappa à mort dans une ruelle partiellement détruite. La violence appelle la violence, et dans tout groupe quelques-uns ont pour objectif de se défouler et passer leurs nerfs.

À Paris, Jean s'était enfermé dans son bureau royal. Seul Yanis pouvait quelques fois y entrer. Il était devenu plus qu'un chauffeur remplaçant, c'était un ami, un conseiller. Ce jour-là, Yanis avait passé plusieurs heures à essayer de consoler un homme détruit, autant si ce n'est plus que la ville qu'il venait d'attaquer. Le pouvoir l'avait anéanti, consumé, sans rien en laisser qu'un pitoyable tas de cendres.

— J'ai tout raté, Yanis. J'avais beaucoup, j'en voulais plus, j'ai tout perdu. Allez me chercher à boire.

— Sans alcool, bien sûr.

— Non, ce qu'il y a de plus fort.

— C'est hors de question, Jean. Reprenez-vous.

Yanis était tout de même ému par ce sac de tristesse et de désespoir.

— Heureusement que je vous ai à mes côtés. Sans vous, j'aurais fait bien pire. Vous m'avez extirpé aux derniers moments de mes actions les plus folles. Vous me comprenez si bien.

— Peut-être parce que mon prénom veut dire Jean.

Le préfet pouffa avec un rictus. Il trouvait la remarque amusante. Puis ses pensées sombres revenaient à la charge.

— Et ces pauvres Claire et Howard. Ce sont des héros, comme le peuple le crie. Et moi, je les ai humiliés.

— Allez, allez, tout va bien. On va trouver une façon de remonter tout ça ensemble. (le téléphone de Yanis sonna) Excusez-moi, je dois répondre.

— Allez-y, mais revenez vite s'il-vous-plaît.

Jean laissa retomber sa tête entre ses bras croisés. Yanis sortit du bureau et trouva un coin discret pour décrocher. Il chuchota :

— Matthieu ? Bien joué pour Toulouse, j'ai eu peur pour vous.
— Merci à toi, mon ami. Bien, nous devons passer au plan Échec et Mat, la partie a assez duré.
— Maintenant ?
— Dès que tu peux. Je t'envoie ce dont tu as besoin.

Ils raccrochèrent et dans la minute, Yanis reçut les documents sur son téléphone. Il repensa à ce pauvre Jean. La mort ne pourrait que lui être une libération.

CHAPITRE 14
Échec et Mat ?

Yanis entra précipitamment dans le bureau de Jean, qui n'avait pas bougé.

— Jean, nous devons y aller maintenant. Des émeutes sont déclarées dans plusieurs arrondissements. Vous devez quitter Paris aujourd'hui.

— Vous venez avec moi ?

— Bien sûr. Allez, venez.

Yanis le souleva de sa chaise et le traîna jusqu'à sa voiture. Il convoqua un convoi discret et ils quittèrent l'Île de la Cité. Étrangement, il n'y avait aucune contestation sur leur chemin.

— C'est parce que je prends une autre route, se justifia Yanis.

Derrière, suivaient deux voitures. Ils circulaient dans les rues, criblées de tags en hommage à Claire et Howard ou soutenant le Mouvement de Libération Français. Tout ceci donna un haut-le-cœur à Jean qui se sentait fautif.

— Mettez la télévision, commanda Jean.

Yanis pressa un bouton et l'écran sur le tableau de bord s'illumina. Il y avait les parents de Claire devant un micro, et la famille de Howard juste derrière. La mère de Claire parlait des récents événements d'une voix fébrile à cause de la tristesse :

— Ma fille et son ami n'auraient jamais voulu ça. Toutes ces contestations et ces guerres doivent se terminer au plus vite. Toulouse a vécu un drame et jamais cela ne doit se reproduire. Ma fille… pardon, ma fille était contre la violence, et pour l'instant, sa mort reste inutile. C'était un sacrifice…

— Oh, éteignez-moi ça, soupira Jean.

Il commençait à respirer difficilement, de plus en plus fort. Il frôlait la crise d'angoisse. Son téléphone sonna, mais il n'eut pas la force de répondre.

Yanis continuait sa route, jusqu'à ce qu'il pile brusquement.

— Il y a un problème dehors, je vais voir. Je vous mets la télévision pour vous calmer un peu.

Yanis sortit de la voiture et alluma l'écran sur une interview de DeProst. Jean voulait l'appeler, savoir pourquoi il n'était pas avec lui à fuir Paris ; d'ailleurs la fuite prenait du temps, et ils n'avaient croisé aucune contestation. Jean prit son téléphone et écouta un message sur son répondeur :

— Monsieur Baitaye, c'est DeProst. Excusez-moi de vous refaire une telle annonce par téléphone, mais c'est urgent. Restez le plus loin possible de ce Yanis. C'est lui, sur les caméras, à Paris, avec Matthieu ! On l'a vu sur plusieurs images avec lui, il est dangereux. On vient aussi de retracer un e-mail envoyé à Michel Redel, votre chauffeur habituel. C'est lui qui l'a envoyé, pour prendre sa place et se rapprocher de vous ! Décrochez, c'est important ! Restez loin de lui, on vient vous aider.

Et alors, tout s'assemblait dans sa tête. Cet homme venu de nul part, qui avait toujours un coup d'avance, et ses décisions qui finissaient tôt ou tard par avantager Matthieu. D'ailleurs, comment avaient-ils su pour l'attaque sur Toulouse ?

L'écran devint tout gris puis le visage de Matthieu apparut.

— Bonjour monsieur Baitaye. Je vais la faire courte : on s'est beaucoup attaqué l'un et l'autre, mais jusque-là, personne n'a gagné. Vous avez déjà échappé une fois à une explosion, mais cette fois, c'est la bonne. Ce fut un plaisir de jouer avec vous.

Matthieu sourit, et Jean comprit. Il hurla en essayant de sortir :

— La voiture est piégée !

Mais c'était trop tard. Jean n'eut pas le temps de sortir que la voiture explosa dans une gerbe de feu, une épaisse colonne de fumée noire s'élevant juste au-dessus. La détonation avait été si violente que le bruit s'était entendu sur plus d'un kilomètre et que les voitures proches du convoi avaient été soufflées.

Le préfet avait perdu. Matthieu sortait vainqueur de cette partie d'échec.

La nouvelle s'était vite répandue. Yanis avait complètement disparu, et Jean n'avait bien entendu pas survécu. Le président de la République Basten soupira. Il allait malgré tout devoir prendre les choses en main. Il s'attendait à faire un quinquennat sans problèmes, comptant sur ses amis ministres pour faire le sale boulot.

Quelqu'un entra furtivement dans son bureau, effrayant Basten.

— Eh, vous êtes qui ? Comment êtes-vous entré ?

Basten essaya de mieux distinguer la silhouette.

— C'est vous le fameux Yanis ?

— Non. Je ne suis pas votre ennemi.

L'homme s'avança. C'était un sexagénaire aux traits droits, au regard assuré et aux cheveux gris et fatigués tirés en arrière.

— Alors vous êtes qui, bon sang ?

— Laissez-moi m'occuper de Matthieu Raitre. Je connais mieux mon fils que n'importe qui.

Le plateau du jeu d'échec avait une dominante blanche. Matthieu avait choisi les blancs, car il pensait être le premier à avoir joué. Les pions noirs se faisaient rares, et tous étaient encerclés par les blancs. Mais Matthieu s'était trompé. Il avait seulement détruit la Reine en tuant Jean. Le véritable Roi était Basten, et il se cachait depuis le début de la partie.

Matthieu n'avait pas remarqué le petit pion qui s'était avancé jusqu'aux lignes ennemis et atteint l'autre bord du plateau pour se transformer en une nouvelle Reine. Son père venait de rejoindre la partie.

ÉPISODE 3
Il n’y aura qu’un seul gagnant

CHAPITRE 1
La nouvelle Reine

La tension était palpable dans le bureau présidentiel. Le président Basten avait le doigt sur un bouton de son téléphone fixe, prêt à appeler la sécurité. L'homme qui se tenait devant lui, debout, droit, était un sexagénaire aux traits durs. Il sortit une cigarette, l'alluma et inspira. En soupirant, la fumée se répandit quelques mètres au-dessus d'eux, puis s'évapora dans la pièce. Basten hésita à parler, puis il osa enfin :

— Alors, vous êtes le père de Matthieu Raitre ?

— C'est exact.

— Et qu'est-ce qui me le prouve ?

L'homme soupira.

— Je m'appelle Charles Raitre. Je ne peux pas vous convaincre de ma paternité, ici et maintenant, mais je crains que vous n'ayez d'autres choix que de me faire confiance.

— Et pourquoi ?

— Vous perdez, monsieur Basten, et mon fils gagne du terrain. Vous êtes sa prochaine cible maintenant que Baitaye est mort. Si vous me refusez, mon fils gagne. Mais si vous m'acceptez, vous vous donnez une chance de le vaincre.

— Et si vous étiez un infiltré, comme ce Yanis ?

Basten était prêt à appuyer sur le bouton à tout mouvement suspect. Charles aspira à nouveau sa substance toxique.

— C'est la même chose. De toute façon, vous avez beaucoup de risques de mourir. Alors faites-moi confiance, je peux vous aider.

— On a suffisamment de professionnels pour s'occuper de lui, merci.

— Ah oui ? Vraiment ? Et pourtant, en un mois, il a retourné votre pays contre vous, un exploit étrange. Celui que vous avez délégué sur l'affaire, Baitaye, est mort. Pour l'instant, Matthieu n'a perdu personne. Vos « professionnels » ont laissé filer Yanis.

— Nous allons mettre toute notre énergie pour rétablir l'ordre normal des choses.

— On veut la même chose, alors, même si ce sera impossible. Mais aucun de vos subalternes ne connaît *véritablement* mon fils. Contrairement à moi. C'est un jeu pour lui, et quelque chose me dit qu'il pensait que le préfet Baitaye était le roi de son jeu d'échec.

— Pourquoi un jeu d'échec ? Pourquoi pas un jeu de cartes, ou autre chose ?

— Parce qu'on jouait ensemble à ce jeu. Tenez, savez-vous qu'elle est sa plus grande motivation ?

— Aux échecs ?

— Non, dans tout ce qu'il fait maintenant.

Basten hésita.

— Je dirais… suivre une mode de contestation et de rébellion. Ou montrer qu'il est fort. Ou entrer dans l'Histoire.

— Non, rien de tout ça. Il veut m'impressionner.

Basten pouffa.

— C'est arrogant, vous dites que tout ça, c'est simplement pour montrer à papa que c'est un grand garçon ?

— Je n'aurais pas dit ça comme ça, mais oui. Savez-vous ce qu'il s'est passé pour qu'avec sa mère, nous disparaissions à jamais de lui ? Qu'il n'a plus de nouvelles, même pas celle de notre mort ?

— Non, dites moi.

Basten s'était détendu. En fait, il était moins crispé. Sa main était à portée du combiné, mais ne le touchait pas, ses traits se faisaient moins tirés et il se méfiait moins, et commençait à accepter l'idée que Charles puisse être le père de Matthieu. Charles désigna une chaise :

— Je peux m'asseoir ?

— Allez-y.

Charles se laissa tomber dans le fauteuil, humecta ses doigts et éteignit sa cigarette. Il soupira, se frotta les tempes et commença son récit.

— Bien, voici donc l'origine de tous nos malheurs.

CHAPITRE 2
Il a changé

Peu après la mort du préfet, Yanis avait quitté la capitale. Il était resté à couvert, gardant la voiture en visuel, pour s'assurer que le préfet succomberait à l'explosion. Le pauvre homme était complètement bouleversé, et Yanis avait profité de sa faiblesse pour le tuer. Il lui faisait confiance, et il l'avait trahi. Il s'en voulait un peu, pour avoir détruit un homme, mais son ambition dépassait l'empathie. Sa mort était inévitable.

Il prit donc la direction de Toulouse pour rejoindre le nouveau Mouvement de Libération Français. Il allait enfin retrouver ses amis, Matthieu, Jo, Tim, et même Lena qu'il n'avait pas revu depuis des années. Ils s'étaient rencontré à l'université, tous les deux membres de la même association étudiante. Bien qu'ils partageaient les mêmes idées, les années et la vie les avaient séparés.

Après plusieurs heures de route dans une voiture volée, il avait pu contempler l'impact de leurs actes. Nombre de villes voyaient le retour des manifestations, des braquages peu subtils et laissaient flotter le drapeau rouge au poing jaune.

Enfin, il arriva aux abords de Toulouse. Par endroits, il y avait des trous si profond que si un Homme y tombait, il ne pouvait en remonter, cicatrice de l'explosion d'une mine artificielle. Sous des gravats, il pouvait voir des jambes ou des bras dépasser. Parfois, il croisait une carcasse de char ou des restes de barricades. Plus il s'enfonçait dans le centre, plus les bâtiments étaient éventrés. C'était une véritable scène de guerre où quelques petits brasiers brûlaient encore. Plusieurs groupes passaient dans les rues, c'étaient ceux qui s'étaient battus contre les armées du préfet ou qui étaient venus en renfort. Mais quand il voyait des groupes de plus ou moins dix personnes, agglutinées autour d'un tas de corps, le remord l'envahit. Ils pleuraient leurs morts, pas seulement des civils, ce pouvaient être des soldats, et Yanis aurait voulu éviter ce massacre.

Mais c'était comme ça, c'était inévitable. Il avait accepté de suivre Matthieu, comme tous ici. Mais aucun n'aurait pu prévoir que leurs attentats auraient eu de telles répercutions. La tournure que prenaient les choses semblait irréaliste, même pour Yanis. Mais pourtant, ils étaient dedans, par l'enfilade de mauvaises décisions.

Après avoir traversé ce misérable décor, il arriva à l'hôtel de ville. Le bâtiment semblait avoir été épargné des combats. Sur la place du Capitole, juste devant la mairie, quelques musiciens interprétaient la chanson en hommage à Claire et Howard. En réalité, presque tous ceux qui se battaient dans le Mouvement de Libération Français pensaient le faire pour Claire et Howard, pour rétablir la justice et détruire à jamais la corruption. Mais ils ne le faisaient que pour assouvir les désirs d'un petit homme chétif, le même qui a condamné leurs héros.

Yanis ne gara même pas sa voiture, la ville était trop chaotique pour penser à trouver une place de parking, et rentra dans l'hôtel de ville. Jo, qui passait par là, le reconnut.

— Yanis ! Tu es de retour ! Eh, bien joué et merci à toi, mon gars.

— On va gagner, mon frère. Tu sais où est Matthieu ?

— Ouais, il est dans son bureau, je t'accompagne.

L'intérieur de l'hôtel de ville était comme un musée, ou un palais du XVIIIe siècle. Il y avait des peintures sur les murs et les plafonds, et dans quelques recoins se montraient des sculptures blanches. Les murs étaient également blancs et le plafond taillé dans une certaine symétrie. Des rangées de lustres descendaient à mi-hauteur et semblaient abriter des dizaines de petits soleils chacun.

Ils arrivèrent devant le bureau et Jo ouvrit la porte pour laisser Yanis entrer. Matthieu était debout, penché sur le bureau, un sourire inquiétant aux lèvres. Yanis toussa pour clarifier sa voix.

— Salut Matthieu.

L'intéressé se redressa lentement, gardant les yeux rivés sur sa grande feuille, puis jaugea le nouvel arrivé.

— Tiens, tu es de retour. Ça fait plaisir de te voir. Viens-là.

Yanis s'approcha et ils se prirent dans les bras.
— Alors, comment c'était avec le préfet ? s'enquit Matthieu.
— Dans ses derniers instants, c'était un homme détruit. On lui a fait beaucoup de mal, tu sais. Il n'a pas fait les bonnes décisions, mais si je n'avais pas été là ça aurait été pire.
— Au moins on a gagné ! Il ne nous reste que quelques formalités qui se régleront toutes seules, mais on a un échec et mat !
— Hum, je ne crois pas, Matthieu. (Yanis désigna un plateau de jeu d'échec) Ça représente notre Mouvement ?

Matthieu acquiesça et Yanis examina la partie.
— Non, ce n'est pas comme ça que les choses se déroulent. Baitaye n'était pas le Roi, c'était une Reine. Le véritable Roi est le président Basten. La Reine est morte, d'accord. Mais il lui reste quelques bonnes pièces, et des pions. À ma connaissance, le plateau est comme ça.

Il modifia la position des pièces, en rajouta ou en enleva.
— Alors la partie n'est pas finie ? se désespéra Matthieu.
— Non, pas encore. Nous devons faire attention à ce qu'ils ne transforment pas un pion en Reine, si ce n'est pas déjà fait.
— C'est pour ça qu'il faudra aller très vite. Viens voir, j'ai prévu quelque chose.

Yanis et Matthieu s'approchèrent de la table. Il y avait là tout un plan d'attaque sur Paris.

— C’est insensé, comment veux-tu t’y prendre pour réaliser ce plan ?
— Il nous faut le soutien des autres pays, et aussi braquer des réserves militaires. Peut-être qu’ils nous aideront.
— Et ce char, c’est quoi ?
— Celui de la bataille de Toulouse. Mais ce serait trop long et compliqué de le ramener, en plus on n’a plus de munitions.
— Sous quel motif tu veux faire tout ça ?
— On n’aura qu’à dire que c’est en hommage à Claire et Howard, ça plaît au gens.

Il était clair que leur mort ne le touchait pas énormément. Yanis tenta de le dissuader, mais c’était vain. La seule chose qu’il parvint à faire, c’était à repousser l’échéance et à concentrer son attention sur un plus petit braquage. Pour lui, c’était un plan complètement fou, qui allait coûter la vie de beaucoup trop de personnes. Ils n’étaient pas préparés, répliquer par la violence n’était pas une bonne idée pour l’instant.
Mais c’était la marque de Matthieu.

CHAPITRE 3
Mise au point

Cela faisait près d'un mois que Matthieu et sa bande avaient posé leur première bombe, dans la mairie de quartier de Paris, pendant une manifestation de l'Organisation. Et il s'en était passé des choses.

Il a fallu quelque temps avant que le préfet Jean Baitaye ne daigne se pencher sur l'affaire. D'ailleurs, Matthieu le remercia, car il l'avait en quelques sortes propulsé.

Puis il y avait eu l'attentat raté contre lui, au Cou Vert, le restaurant où travaillait Claire. Au final, Matthieu se demandait si c'était véritablement un échec. Claire était devenue immédiatement suspecte, presque coupable, ce qui permit à Matthieu de s'écarter des premiers soupçons.

Il avait été plus loin en déformant les propos de Howard. En temps normal, il aurait été suspecté, rien de plus, mais rien n'était normal en ce mois d'octobre. Le préfet voulait rapidement des coupables, il pensait que ça suffirait à calmer les agitations du peuple. Au fond, il n'avait pas tort. Mais cette erreur lui avait coûté cher, et les contestations violentes ne se faisaient pas seulement à Paris, mais aussi à Lyon avec Lena.

Après un temps de calme, ce fut la descente aux Enfers pour Jean. Ceux qui acclamaient la mort des fauteurs de troubles quelques jours plus tôt réclamaient une véritable justice. Ce fut le début de la véritable déchirure en France, entre le camp de Matthieu et le camp du préfet. La partie d'échecs s'accélérait.

Puis il y a eu l'attentat de Lena à Lyon pendant l'exécution de Claire et Howard. La fuite de Paris. La rencontre dans le chalet du Morvan. La bande s'entourait d'une alliée qui, selon Matthieu, n'avait pas encore montré toutes ses capacités, bien qu'elle fut d'une grande utilité dans l'attaque de Toulouse.

Toulouse. Le « braquage » dans la banque, qui s'est un peu trop bien déroulé, et la prise de la ville. Le drapeau de l'Organisation flottait au-dessus de la ville rose. Yanis avait également réussi à s'infiltrer dans l'entourage du préfet, un cheval de Troie qui leur a apporté de précieuses informations.

Matthieu notait également ce moment symbolique quand Fouair accepta de dissoudre l'Organisation. C'était parfait pour lui, il pouvait enfin en prendre la tête, et la renomma Mouvement de Libération Français. C'était enfin un chef, un révolutionnaire, avec son peuple qui le suivait. Pensait-il, car chacun se battait en somme pour ses propres intérêts : ceux qui veulent plus d'égalité ; ceux qui avancent leurs revendications ; ceux qui veulent venger Claire et Howard ; ceux qui ne sont là que pour déchaîner leur violence enfermée en eux depuis toujours ; et ceux qui se battent réellement pour Matthieu.

Il y eut aussi la résistance à l'attaque de Jean Baitaye et de ses armées sur Toulouse. Les défenseurs n'étaient pas très bien armés, mais ils parvinrent à repousser, de justesse, toute une armée. Il faut dire que la défaite n'est pas passée loin, si Yanis n'était pas dans le bureau du préfet pour les informer de l'imminence d'une attaque et si les habitants alentours n'étaient pas venus en renfort, Matthieu aurait déjà été exécuté par le préfet.

Le plateau d'échecs se vidait des cases noires, celles du préfet.

Et enfin, ce qui devait sceller le sort de la partie, l'échec et mat. Yanis qui avait la pleine confiance du préfet, et qui l'avait trahit. Cet homme détruit, anéantit par tous ses actes, écrasé sous le poids de la culpabilité qui lui tombait dessus si rapidement, mourrait de la main de son dernier ami. La fausse fuite dans Paris qui l'avait condamné à exploser dans sa voiture, avec comme dernière image le visage souriant de Matthieu.

Matthieu pensait avoir gagné, et que le reste de leurs actions seraient des futilités de fin de partie, le roi était tombé, personne ne pourrait lui résister. Mais c'était faux, le roi était toujours là. C'était le président de la République Joseph Basten. Et il avait réussi à avoir une nouvelle Reine : Charles Raitre, le père de Matthieu en personne. Mais ça, personne ne le savait pour le moment.

Il restait encore beaucoup de choses à faire au Mouvement de Libération Français. Ils étaient loin d'avoir gagné, et leur roi partait au combat, galvanisé par ses victoires. Les ennemis étaient encore nombreux sur la route, et s'ils arrivaient à destination, il faudrait contenter tout le monde. C'était certainement le plus difficile.

CHAPITRE 4
Nouvelle cible

L'alerte avait atteint le président Basten. Metz était attaquée, non pas par ses habitants qui voulaient se révolter, mais par Matthieu lui-même. Il était sorti de Toulouse après quelques jours avec son équipe et souhaitait rallier une nouvelle ville. Cela n'était pas bon pour Basten, Matthieu commençait à l'attaquer dans son propre territoire. Metz était une des villes fidèle au préfet, et malgré sa mort, elle restait tant bien que mal dans le camp du président. Mais Basten craignait qu'elle ne connaisse le même sort que Toulouse : une petite étincelle et tout s'embrase. Mais récemment, l'Allemagne avait annoncé soutenir le Mouvement en hommage à Claire et Howard, premier pays à véritablement soutenir un camp. C'était un point stratégique s'ils souhaitaient recevoir de l'aide étrangère.

Alors il avait finalement accepté l'intervention de Charles Raitre. Il n'avait pas le choix, il ne savait pas comment régler cette affaire sans bain de sang.

Charles arriva en moins de dix minutes dans le bureau des opérations et se présenta à DeProst,

qui surveillait par le biais des caméras l'attaque ennemie.
— Alors c'est vous, le nouveau ? salua-t-il.
— Exactement.
— Vous ferez attention à ne pas vous faire tuer par Matthieu. Il a eu le précédent.
— Ne vous en faîtes pas, je connais mon fils.

DeProst le jaugea, sans montrer de surprise devant cette nouvelle.
— Je voudrais pas être méchant, mais l'éducation reste à désirer.
— On a fait les mauvais choix, aux mauvais moments. Je me sens maintenant obligé de régler cette affaire.
— On compte sur vous alors. D'autant plus qu'on n'a toujours pas vu votre… fils.
— C'est-à-dire ?
— On a quelques silhouettes connues, dont celle d'un homme qu'on suspecte être Yanis, mais pas de Matthieu Raitre.
— Ce n'est pas normal.
— Il se cache sûrement, comme il a l'habitude de faire.
— Non, il aime être sur les lieux au moment de ses actes. Vous l'auriez forcément vu, il se sent en sécurité.
— Alors où est-ce qu'il est ?

Yanis dirigeait sa propre section dans Metz. Leur objectif était de braquer la ville entière en prenant l'hôtel de ville. Ils étaient plusieurs dizaines de milliers à envahir les rues, ce serait facile. Il remarqua que les caméras bougeaient, s'arrêtaient

sur certains d'entre eux, puis cherchaient autre chose.
— Visez les caméras ! Ils nous observent !

Quelques-uns lancèrent des pavés qu'ils venaient difficilement d'arracher des trottoirs, d'autres donnaient des coups de bâton, parfois quelqu'un montait sur un autre pour atteindre directement les caméras et les détruire.

Des troupes de CRS traversaient les rues en chargeant, tirant des fumigènes et flash-balls dans le tas. Cela ressemblait par moments aux anciennes manifestations de l'Organisation, en plus violent. Mais c'était une guerre urbaine. Les CRS n'étaient pas nombreux, et le rapport de force se mesurait sur le nombre de combattants.

Yanis appela Matthieu. Ils ne se souciaient plus de savoir si leurs conversations étaient écoutées ou non, et de toute façon le temps de réactivité et d'action de leurs ennemis était bien trop long par rapport à eux.
— Matthieu, avec ma section, nous contrôlons presque la rue Jean Lecanuet. Vous êtes où, vous ?
— C'est bien, on n'est pas loin. Continuez d'avancer.
— On se regroupe quelque part ?
— Euh… non, pas besoin. On se retrouvera dans l'hôtel de ville, de toute façon.

Yanis doutait de quelque chose.
— Tu es à Metz, n'est-ce pas ? Matthieu !
— Oui, oui, bien sûr.
— Matthieu, dis-moi où t'es maintenant ! J'espère pour toi que tu ne fais pas ce que je crois.

Matthieu râla.

— Yanis, je prends juste de l'avance.
— Tu deviens de plus en plus fou ! Explique-moi comment tu veux braquer une réserve militaire, sérieusement ?
— Je te laisse, on arrive bientôt.
— Matthieu, ne me laisse pas comme ça ! Je dois t'empêcher de…

Mais il avait raccroché. L'hôtel de ville était juste devant Yanis.
— Foncez sur l'hôtel de ville et faites flotter notre étendard ! ordonna-t-il.

Lui, il ne courut pas tête baissée. Il devait empêcher ses amis et son Mouvement de se faire massacrer. Alors il chercha dans son téléphone les contacts qu'il avait au moment de son infiltration.

CHAPITRE 5
Marchandage

Un téléphone sonna dans la salle des opérations et attira l'attention de DeProst. Charles était concentré sur les images des caméras et tentait de se mettre dans la tête de son fils, mais cela faisait bien longtemps qu'il ne lui avait pas parlé, c'était une tâche difficile de le comprendre.

DeProst s'approcha de l'agent au téléphone et écouta. Celui-ci semblait dérangé par ce qu'il entendait dans le téléphone. Sans un mot, le regard perdu, il se décida à donner son téléphone à DeProst.

— Tu es toujours là ? Passe moi ton chef, demanda la voix masculine de l'autre côté de la ligne.

— Ici DeProst, chef des opérations. Que puis-je faire pour vous ?

— Ah, parfait. Je suis Yanis Geiras.

— *Le* Yanis ? Celui qui a tué le préfet ?

— Oui, enfin, nous en parlerons plus sérieusement quand on se rencontrera.

DeProst claqua des doigts vers un de ses hommes qui enregistra la conversation et la diffusa sur les hauts-parleurs. Charles se rapprocha.

— Vous nous appelez uniquement pour ça ?

— Non, j'ai quelque chose à vous proposer.

Charles prit le téléphone.

— Monsieur Geiras, je suis… l'agent R (DeProst le regarda en haussant les sourcils, il avait improvisé son surnom). Je m'occupe de votre dossier. Arrêtez l'attaque sur Metz, arrêtez tout, ça a trop duré.

— Je ne suis pas là pour négocier une reddition. Je veux simplement vous demander une faveur.

— Dites toujours.

— Un contingent improvisé du Mouvement s'est détaché et prévoit d'attaquer la base militaire de Thierville.

DeProst et Charles échangèrent un regard. Dans la salle, tout le monde retenait son souffle, personne ne parlait. La tension était palpable.

— Merci de l'information.

Charles allait raccrocher quand Yanis haussa la voix.

— Attendez ! Ils ne sont pas préparés, ça va être massacre.

— Vous avez de l'avance sur les compte des morts.

— Voulez-vous vraiment faire les mêmes erreurs que Baitaye ?

Charles soupira.

— Arrêtez l'attaque sur Metz, et on vous épargnera.

— Je ne peux pas, l'hôtel de ville est déjà assiégé. Quittez la base, c'est le seul moyen d'épargner des vies.

DeProst manqua de s'étouffer et fit de grands signes négatifs des bras.

— Non, vous êtes conscient que ce n'est pas possible, reprit Charles.

— Prenez tout ce que vous voulez, mais laissez-les en vie.

Charles réfléchit quelques secondes avant de parler.

— Vous tenez à un tel point à la survie de ce groupe que ça en devient suspect. Matthieu est dedans, n’est-ce pas ?

Yanis soupira tellement fort que le micro grésilla.

— Oui.

Charles se frotta le front. Il ne pouvait pas envoyer son fils à la mort sans rien faire. Quant à DeProst, il jubilait. Matthieu lui était servi sur un plateau.

— Je consens à libérer la base et ainsi épargner votre contingent. Mais je veux quelque chose en échange.

— Je vous écoute, dit Yanis avec un regain d’espoir.

— Rendez-vous aux forces de l’ordre de Metz. Quand ça sera fait, nous libérerons la base.

Personne ne parla pendant plusieurs secondes, mais cela suffit au dialogue. Finalement, c’est Yanis qui parla le premier.

— Très bien. Je me rends. On se revoit à Paris.

Et il raccrocha. Yanis voulait avant tout sauver ses amis et ses compagnons d’une attaque désespérée et inutile. Leur vie lui importait plus que sa personne. Le combat était porté par eux.

Il pivota en direction du premier groupe de CRS qu’il trouva, leva les mains et avança tout doucement.

Matthieu était anxieux. Lena était à côté de lui, souriante, galvanisée par leurs victoires, consciente qu'une réussite marquerait un nouveau tournant dans leur lutte. Toute l'équipe descendit des voitures et s'approcha de la base. Tout était extrêmement calme. Si calme qu'ils baissèrent leur attention et s'approchèrent de l'entrée de la base. Personne pour contrôler. Ils entrèrent, fouillèrent les hangars, les quartiers, les entrepôts d'armes, mais tout était vide.

Alors tout devient évident pour Matthieu. Quelqu'un les avait trahi.

CHAPITRE 6
Interrogatoire

Metz était tombé, et personne n'avait rien pu faire. De toute façon, les choses étaient bien trop amorcées quand Yanis avait appelé, et à peine avait-il raccroché que les partisans du Mouvement venaient de planter leur drapeau.

Yanis avait été brutalement plaqué au sol par les CRS à qui il s'était rendu. Il fut conduit dans un camion après avoir été fouillé, puis conduit à Paris en même temps que les forces de l'ordre quittaient les lieux.

La voiture s'arrêta et sa tête fut recouverte d'un sac en toile pour qu'il ne voie pas l'extérieur. Il fut poussé par-derrière pour marcher sur quelques mètres, sentit qu'il entrait dans un bâtiment, emprunta un ascenseur et après quelques mètres, dans une pièce puant la sueur, on lui enleva le sac. En face se trouvait une chaise pliante et un paravent blanc où se dessinait une silhouette en ombre chinoise.

— Asseyez-vous, monsieur Geiras.

Celui-ci s'exécuta. Il était dans une petite pièce, et il pouvait entendre, mais pas comprendre, les conversations derrière les cloisons.

— C'est vous, l'agent R ? Pas besoin de vous cacher, je risque pas de partir tout de suite.
— Je préfère me préparer à toute éventualité. Nous avons quelques questions à vous poser, êtes-vous d'accord ?

La voix de l'agent R semblait fatiguée, tirée par les années. *La soixantaine, peut-être*. Mais ce n'était pas ce DeProst, il l'avait déjà vu quelques fois lorsqu'il était dans l'entourage du préfet, et ce n'était ni sa voix ni sa silhouette.

— On verra, répondit-il en soupirant.
— Alors commençons sans plus attendre.

Sa voix à l'air sympathique. *Est-ce qu'il est là par contrainte ? Basten l'a engagé de force ? Ou bien…*

— Première question : pourquoi vous êtes-vous sacrifié ?
— Je voulais éviter une mort certaine à mes camarades. Les militaires n'auraient pas fait de détails, ils auraient tiré sur les assaillants.
— Et vous n'êtes pas en mesure de rivaliser ? demanda Charles sans vraiment poser de question.

Yanis ne répondit pas.

— Je prend ça comme un oui, alors.

C'était une information importante. Malgré leur nombre et leur puissance, ils ne peuvent pas rivaliser une nouvelle fois contre l'armée. Charles reprit :

— Depuis combien de temps faites vous parti de l'Organisation, puis du Mouvement de Libération Français ?
— Je l'ai rejoint à l'université, donc il y a une dizaine d'années.

— Un peu après sa création, donc. Depuis combien de temps connaissez-vous mon… Matthieu, rattrapa Charles.

Mon ? Non, quand même...

— Il a rejoint l'Organisation quelques années après moi. D'ailleurs, c'est ironique, mais c'est Howard Tomczak qui l'a fait entrer.

— Hum. Pourquoi avoir fait tous ces attentats ?

— On voulait faire passer un message que les mouvements pacifistes ne peuvent pas transmettre. Regardez, en un mois, nous avons accompli tellement plus que l'Organisation en une décennie.

— Bien. Parlez-moi des motivations de Matthieu.

— Comment ça ? Il a les mêmes que nous, c'est un peu notre leader.

— Non, Yanis. Vous êtes un homme intelligent, et je sais que vous en avez appris plus de moi pendant cet interrogatoire que moi de vous. Quelles sont ses *réelles* motivations ?

Yanis se racla la gorge et chercha ses mots.

— Eh bien… Je dirais que… il veut se faire remarquer par son père. Il veut montrer qu'il est fort, que ce n'est plus le petit garçon fragile ; mais le montrer au monde est secondaire. Il veut la reconnaissance de son père.

Si l'agent R était vraiment le père de Matthieu, Yanis se sentait poussé à jouer cette carte.

— Pensez-vous qu'il accepterait de me rencontrer, pour négocier ?

Sa voix se fit plus fébrile au début de la phrase.

— Il est très paranoïaque, il ne voudra pas voir n'importe qui.

— Et si je vous disais que…

L’ombre sur le paravent bougea, grossit, se déplaça sur le côté droit, puis un petit homme de soixante ans apparut.

— Vous l’avez sûrement compris, alors je ne me cache plus. Accepterait-il de rencontrer son père ?

Charles avait essayé d’entrer en contact par le biais de Yanis avec Matthieu, ou un de ses lieutenants. Mais quand il parvenait à discuter avec l’un d’entre eux, ils l’insultaient et le raillaient. Il apparaissait comme un nouveau préfet, un inconnu qui essayait de mettre des bâtons dans les roues de leur machine implacable, tournant au carburant des victoires. Alors, tout comme le sacrifice de Yanis pour sauver ses compagnons, il sacrifia son anonymat en espérant débloquer la situation.

Quelques minutes pus tard, sur toutes les chaînes d’informations, on pouvait apprendre que c’était le père de Matthieu, Charles Raitre, qui traquait son fils.

Matthieu ne passa pas à côté de ça. Il refaisait surface. Alors, il n’était pas mort. Il ne pouvait pas le laisser partir une nouvelle fois.

CHAPITRE 7
Retrouvailles

Matthieu avait finalement accepté le rendez-vous. Il avait longuement hésité, ne sachant pas comment les choses allaient se dérouler. Allaient-ils se sauter dans les bras, rester silencieux, être comme un père et son fils ? Ou comme deux ennemis ?

La rencontre se ferait au Morvan, dans leur chalet, juste eux deux. Pas d'armes, pas de caméras. Juste eux.

C'était une rencontre ambiguë, elle avait pour objectif de régler cette déchirure dans la société, entre les deux têtes fortes de chaque parti, mais au fond, il y avait aussi des retrouvailles. Peut-être même le pardon ? Mais c'était grandement différent d'une rencontre entre chefs d'États que seule la fonction rapprochait.

Charles était arrivé le premier. Il avait ouvert tous les volets du chalet, comme s'il venait en vacances avec sa famille. Il remarqua que sa garde-robe était vide, il s'en était douté quand il avait vu Matthieu avec ses habits.

Il était confortablement installé dans son fauteuil, devant un feu de cheminée, quand

Matthieu arriva. Il entendit ses chaussures taper sur le perron et s'arrêter devant la porte. Le temps se suspendit durant les secondes qui suivirent. Puis Matthieu ouvrit enfin la porte. Charles se leva et ils se fixèrent dans les yeux.
— Bonjour, fiston.
— Fiston ? Fiston ? répéta Matthieu en s'avançant. Tu oses m'appeler fiston après m'avoir abandonné ?
— J'avais mes raisons, mais elles n'excusent rien. Assieds-toi, on va discuter.

Matthieu pesta et s'installa dans son petit fauteuil, qu'il avait quand il était petit. C'était un peu ridicule, il tenait dedans, bien que ses genoux étaient sur-élevés.
— Pourquoi tu m'as envoyé chez les fous ? demanda agressivement Matthieu.
— Ce n'était pas chez les fous, mais tu avais poussé le bouchon un peu loin.
— Ah oui ? J'étais martyrisé ! Je me suis défendu ! Comme tu me le disais ! Ils n'ont eu que ce qu'ils méritaient !
— Tu as mis le feu à leur baraque, Matthieu ! Ils y sont tous passés !
— Ils avaient qu'à mieux éduquer leur enflure de fils !
— Et après tu t'étonnes qu'on t'ait envoyé en maison de correction !

Charles soupira et se frotta les paupières.
— Non, je ne veux pas me fâcher avec toi. Reprenons calmement, Matthieu. S'il te plaît.
— D'accord. Alors, pourquoi as-tu décidé à ce moment-là, avec maman, de me renier ?

— J'ai fait des erreurs, très graves. Mais toi aussi tu en commets, regarde ce que tu as fait.
— Je ne vois pas d'erreur. Je suis le chef de la révolution, mon peuple me suit, il compte sur moi.
— Ton peuple ? Oh, Matthieu, qu'est-ce qu'on a fait ? S'il te plaît, arrête tes bêtises. Tu as fait assez de mal comme ça.
— Oh non, je ne suis pas prêt de m'arrêter.
— Il le faudra, pourtant.
— Pff. Tu savais que j'ai une femme ?

Charles haussa les sourcils, et Matthieu continua.
— Enfin, on n'est pas marié. Et il n'y a rien pour le moment. Mais elle est prête à tout pour me suivre !
— Tu parles de cette Lena Sitz ? ria Charles.
— Comment tu la connais ?
— Mon but est de t'attraper, Matthieu. Je connais plein de choses sur vous.
— Donc tu sais qui m'a trahit.
— Personne, hésita rapidement Charles.
— Si, Yanis, argua Matthieu avec la fierté de celui qui sait.
— Non, il ne t'a pas trahi. Il a voulu vous sauver d'une attaque désespérée, et il avait raison.
— Regarde où je suis maintenant à cause de lui ! Dans un traquenard !
— Pourquoi es-tu venu si tu pensais que c'était un piège ?

Pour te voir, papa. Pour que tu sois enfin fier de moi. Mais il ne répondit pas ça. Il se contenta de pester.
— Bon, que veux-tu, au final ? demanda-t-il.

— Que tu arrêtes tes activités terroristes, et que tu te rendes. Je m'arrangerais pour que la justice soit indulgente avec toi.
— Impossible. Je ne me rendrais jamais.

Ils débattirent quelques minutes, puis Charles se sentant bloqué face à un mur, il abattit sa dernière carte. Il enfonça sa main entre le fauteuil et lui et en retira un pistolet. Matthieu se recula.
— On avait dit pas d'armes !
— Ne t'en fais pas, ce n'est pas contre toi.

Charles lui tendit la crosse.
— Prends-le, et tues-moi. Si tu le fais, c'est que tu es déterminé à aller jusqu'au bout. Alors je ne pourrais rien faire, et jamais, tu m'entends ? jamais je ne pourrais envoyer l'armée t'affronter. Car alors ce sera la seule solution possible. Tant que je serais vivant, je ne pourrais m'y résoudre.

Matthieu saisit l'arme en tremblant. Il avait perdu toute sa fierté.
— Tu es fou, Charles. Je ne peux pas te tuer.
— Tu en as déjà tué des centaines, des milliers.

Matthieu se leva et pointa le canon de l'arme sur le front de son père.
— Saches que tu n'es pas obligé. Tout peut s'arrêter là, maintenant, rassura Charles. On peut rattraper le temps perdu. Mais sans… sans ta mère. Elle est morte il y a trois mois.

Matthieu serra sa main autour de l'arme et racla sa gorge. Les larmes lui montaient. Le temps semblait figé, la Terre avoir disparu. Ils se sentaient sur une petite île au milieu de l'espace, dans cette maison, eux deux, seuls formes de vie dans tout l'univers. Plus rien n'avait d'importance que le moment présent. Pourtant, tous ceux passé se mêlaient devant les yeux embués de larmes de Matthieu.

— J'ai une question, papa.

— Dis-moi.

— Est-ce que tu es fier de moi ?

Charles déglutit difficilement. Il était en mauvaise posture pour répondre la première chose qui lui passait par la tête.

— Tu as su remonter la pente, mais tu as pris le mauvais chemin.

— Donc tu n'es pas fier ?

— Je suis fier de la force que tu as maintenant, mais pas de ce que tu fais.

— Pourtant je suis heureux, maintenant.

— Vraiment ?

Matthieu serra la crosse encore plus fort, tout comme ses lèvres, laissa une larme rouler sur sa joue. Puis il pressa la détente. Le coup partit d'un seul coup, dans un flash, et le sang et la cervelle de Charles se répandaient sur le fauteuil, le mur et les meubles derrière.

Matthieu s'effondra dans son fauteuil, la tête dans les mains. La petite île reprenait sa place sur Terre, dans l'Univers, sous le bruit du crépitement des flammes. Il se sentait libéré, un poids venait de le quitter. Mais il s'abattit rapidement de nouveau sur lui, plus violent et lourd que jamais. Sa poitrine se serrait, il suffoquait. Il sortit du chalet en titubant, monta dans sa voiture et roula jusqu'au village le plus proche. Il semblait avoir été épargné par la déchirure sociale. Finalement, les choses n'avaient pas changé depuis plusieurs siècles, le jeu politique se faisait dans les grandes villes.

Il entra dans le premier bar qu'il trouva et commanda un verre. Un vieux monsieur au nez rouge le toisa. Il fit signe à ses amis en le désignant. Puis ils s'approchèrent.

— C'est toi, le Matthieu ?

L'intéressé les jaugea.

— Ouais.

— Euh… avec les copains, on voulait t'remercier.

— Y a pas de quoi.

— T'fais bouger les choses, et c'est bien. Nous, on peut rien faire dans c'village, mais toi, tu portes notre voix.

Porter leur voix ?

— C'est normal.

— Laisse nous payer ton verre, p'tit. C'est la moindre des choses.

La nouvelle de l'arrivée de Matthieu dans le village se répandit rapidement, et en une dizaine de minutes, il était entouré de ses « fans », qui lui apportaient divers produits dont il profitait : alcool, nourriture, habits, objets manufacturés de la région. Pendant un instant, il oublia le poids qui le pesait, la mort de son père. C'était ça, le bonheur qu'il recherchait. Et pour le combler, il appela Lena.

CHAPITRE 8
Souffler un peu

Lena arriva au chalet après plusieurs heures de route, égarée sur le chemin. Elle trouva Matthieu derrière la bâtisse, les manches retroussées et sales, fixant un petit monticule de terre surmonté d'une croix.

— Tiens, je ne savais pas qu'il y avait quelqu'un enterré ici, engagea Lena. Comment ça s'est passé avec ton père ?

Matthieu se retourna, ignora la question et lui sourit.

— C'est tout récent. Viens, on entre.

L'intérieur était trop propre, trop rangé pour être naturel. Une forte odeur de détergent et de produits de nettoyage dominait l'atmosphère. Matthieu passa à côté du fauteuil de son père et le caressa du plat de la main.

Il ne regrettait pas réellement son geste, il savait qu'il était obligé de le faire, c'était le jeu. Son père était faible, il n'était pas prêt à le voir mourir, alors que Matthieu avait franchi le cap. Ses ambitions dominaient ses sentiments naturels, et il se sentait fort.

Ils montèrent à l'étage et entrèrent dans la chambre parentale. Matthieu ouvrit le compartiment de sa mère et le désigna à Lena.

— Choisis des habits, ils sont à toi maintenant.

— Ce sont les habits de quelqu'un, non ? De ta mère ?

— Plus maintenant. Elle est morte.

— Oh. Quand est-ce que c'est arrivé ?

— Il y a trois mois. Je l'ai appris il y a quelques heures.

— Comment l'as-tu su ?

— Habilles-toi, je te raconterais tout plus tard.

Une dizaine de minutes plus tard, Lena rejoignit Matthieu dans le salon, au rez-de-chaussée. Elle avait revêtu une longue robe blanche aux motifs violets. Matthieu l'admira pendant qu'elle descendait. Ils sortirent marcher dans les bois alentours, avant que le soleil ne disparaisse derrière l'horizon.

— Alors, Matthieu, raconte moi tout, demanda Lena.

— Par où commencer ? Est-ce que tu sais pourquoi notre attaque sur la base militaire a échoué ?

— Non.

— Parce que quelqu'un nous a dénoncé. Je pense que c'est Yanis. Il a disparu pendant l'attaque de Metz, il ne voulait pas se retrouver tout seul et notre attaque semblait le déranger.

— Tu crois qu'il a pu nous trahir ?

— J'en suis presque sûr.

— Il a peut-être voulu nous sauver, notre opération était très risquée et avait peu de chances de réussir.

— Tu es dans quel camp, Lena ? Tu vas me trahir toi aussi ? s'énerva Matthieu.
— Non ! Mais Yanis était fidèle lui aussi.
— Peut-être avant, oui. Mais il nous a dénoncé au nouveau chef des opérations, qui remplaçait Jean Baitaye.
— Ton père ?
— Oui, c'était lui, la nouvelle Reine. C'est pour ça qu'il voulait qu'on se rencontre.
— Où est-il maintenant ?

Matthieu fixa le sol et dit d'un seul coup :
— Je l'ai tué.

Lena sembla sonnée par la nouvelle.
— Pourquoi ? Qu'est-ce qui t'a prit ? Tu le revoyais enfin, tu le croyais mort !
— C'est lui qui me l'a demandé, Lena ! Il n'avait pas le cran de m'affronter, moi je l'ai eu pour le tuer. Notre victoire passe bien au-delà de quelques sentiments.

Ils avaient fait le tour du bois le plus proche et la luminosité baissait de plus en plus. Ils se dirigèrent vers le chalet.
— Matthieu, tu es peut-être allé un peu loin, cette fois. Tuer ton père, quand même.
— Tu ne sais rien, Lena ! Il a gâché ma vie !

Et comme si une autre personnalité prenait la place dans sa tête, ses traits se décrispaient et il devint plus doux. Ils entrèrent dans le chalet et Matthieu alluma un feu qui eu du mal à prendre. Il s'installa dans le fauteuil de son père, bien trop grand pour lui, et Lena dans celui de sa mère.
— Est-ce que je t'ai raconté comment je suis entré dans l'Organisation ?

CHAPITRE 9
Flash-back

2027. Sept ans avant les événements qui déchirèrent la France. Un petit homme sale déambulait dans les quartiers alentours de Paris. C'était le soir, le soleil embrasait le décor et inondait les visages d'une couleur jaune orangée.

Un homme assit à l'arrêt de bus, comme à son habitude après sa journée de travail, le regardait. Le petit homme sale le remarqua et traversa la route pour venir à lui, et une fois assez proche, il engagea la conversation.

— Bonjour monsieur, vous auriez une petite pièce pour dépanner, s'il vous plaît ?

— Non, désolé, je rentre du travail.

Il désigna l'usine derrière lui. L'inconnu sentait la sueur, les habits sales et son haleine empestait l'alcool. Il était frêle et maigre, il ne tiendrait pas longtemps seul dans la rue, sans aide.

— Je m'appelle Howard, et vous ?

— Matthieu, répondit l'homme sale.

— Qu'est-ce que vous faites par ici ?

Matthieu s'assit à côté de Howard.

— Je me suis retrouvé seul d'un coup, abandonné par ma famille. Pouf, dans la rue.

— Et vous étiez où, avant ?
— Quelque part.

Matthieu regardait loin devant lui, et Howard le jaugea. Ils devaient avoir presque le même âge, Howard légèrement plus vieux si on enlevait la couche de crasse qui recouvrait Matthieu.

— Donc vous n'avez nul part où aller, c'est bien ça ?
— Si, j'ai repéré un petit coin tranquille où passer la nuit.
— Non, je veux dire, une maison, un appartement, de la famille.
— Ah, bah non, alors. Je ne sais même pas si mes parents sont encore en vie, et je m'en fiche.

Howard remarqua au loin l'arrivée du bus.

— Vous avez quel âge, Matthieu ?
— 28, je crois. Ça fait bien longtemps que j'ai pas fêté mon anniversaire.

28 ans et déjà abandonné. Il commence sa vie dans la rue. Il la commençait maintenant, en effet. Le bus se rapprochait, et Howard cogitait. Il avait de la peine pour ce jeune homme, et cela le contrariait de le laisser livrer à lui-même. *Quelques jours, avant qu'on ne retrouve son cadavre dans une ruelle.* Il voulait l'aider, c'était hors de ses convictions que de le laisser seul dehors. S'il avait rejoint l'Organisation, c'était bien pour aider tout le monde et chercher l'équité entre tous, donner ce dont chacun a besoin pour être au même niveau. Le bus se stationnait près de l'arrêt.

— Bon, Howard, c'était super de vous parler. Ça fait toujours du bien de parler avec quelqu'un.

— Venez chez moi, au moins cette nuit, pour vous reposer et vous laver. Vous ferez ce que vous voulez demain.

Howard avait proposé ça d'un seul coup, sans réfléchir. Il repensa à sa compagne Halina et la petite fille qu'ils avaient tous les deux. Comment réagira-t-elle ? Tant pis, il s'arrangerait.

— J'ai pas de ticket, contra Matthieu.

— Je vous le paye.

— Non, je ne vais pas abuser de votre hospitalité.

— Juste une nuit, c'est rien.

Le bus ouvrait ses portes.

— Bon, d'accord.

Ils montèrent dans le bus et arrivèrent chez Howard. Halina ne cacha pas sa surprise de voir arriver un homme puant et sale chez elle et s'asseoir à sa table. Elle savait que Howard était idéaliste et altruiste, mais à ce point… De toute façon, elle ne pouvait pas le mettre à la porte maintenant. Ils lui montrèrent la salle de bain, et après près d'une heure dedans, ce fut un autre homme qui en ressortit. Toujours petit, frêle et maigre, mais plus jeune ; plus inquiétant aussi, Halina avait remarqué la toute petite flamme au fond de son regard (qui, en octobre 2034, était un brasier).

Ils mangèrent à leur faim sans que ce soit trop, puis Matthieu se coucha dans le canapé. Le lendemain, Howard ne travaillant pas, il en profita pour lui montrer l'Organisation, ils pourraient plus l'aider que lui et ses petits moyens. Ils tombèrent sur Claire, qui aidait à faire des pancartes.

— Elle, c'est Claire. Elle est nouvelle, mais engagée, expliqua Howard. Salut Claire !

— Tiens, salut Howard. Bonjour, dit-elle en tendant la main vers Matthieu.

— Matthieu, enchanté, répondit-il en serrant la main.

Claire s'adressa à Howard.

— Il faudrait qu'on fasse un truc, un jour, comme un repas, avec ta femme et ta fille.

— Avec plaisir. Tu sais où est Fouair ?

— Non, mais sûrement dans son bureau. On prépare la nouvelle manifestation.

— D'accord, merci, bon courage.

Ils marchèrent dans les couloirs, déambulaient entre les passages des quelques adhérents investis. Ils croisèrent de nombreuses conversations :

— Non, pas ici !

Puis, plus loin :

— Ça va être génial la semaine prochaine.

Ou encore :

— Merci, Jo ! À plus tard !

Howard s'arrêta brusquement pour chercher son chemin, imité par Matthieu, et un homme derrière eux les percuta tous les deux.

— Oh, désolé Tim, ça va ?

— Oui, ça va, merci. Tiens, t'es nouveau, toi, dit-il en désignant Matthieu.

— Pas vraiment.

Tim le dévisagea.

— OK. Bah… à la prochaine, alors.

— Étrange, celui-là.

— Il est gentil, au fond. Apparemment, il a fait des braquages. Je sais pas s'il a été en prison. Tu sais, ce qu'on raconte sur les gens…

— Oui, je sais.

Ils continuèrent leur chemin jusqu'au bureau de Fouair. Howard frappa et il entendit un « entrez » étouffé par la porte et les murs. En entrant, il trouva Yanis, un des plus anciens, qui parlait avec le président de l'Organisation.

— Nous n'utiliserons pas la violence, Yanis. On en reparlera une autre fois, dit Fouair a voix basse pour conclure sa discussion. Howard, qu'est-ce qui vous amène ici ?

— Bonjour, monsieur. Hier soir, j'ai recueilli Matthieu. Il était dans la rue. Je voulais savoir si on pouvait faire quelque chose pour lui.

Fouair se redressa dans son fauteuil.

— On n'est pas la SPA pour humains, vous savez ?

— Oui, mais il n'a rien ni personne, et je ne peux pas le garder. Il pourrait rejoindre l'Organisation et avec un peu d'aide, il volera de ses propres ailes.

— Howard, je vois ce que vous avez voulu faire. Vous partagez les valeurs de l'Organisation, peut-être parfois un peu trop, mais…

— Je peux l'héberger un temps. Si tu veux, Matthieu. Il pourra venir à l'Organisation avec moi, et si ça lui plaît, il restera. De toute façon, on n'est jamais suffisamment nombreux.

— Faîtes comme vous voulez, trancha Fouair. Je suis pas votre père.

Fouair avait lui aussi remarqué cette petite flamme tout au fond du regard de Matthieu, et son instinct lui commandait de se méfier. Il est également possible que Yanis l'ait remarqué, et c'est ce qui l'a poussé à se rapprocher de Matthieu.

Il fut donc recueillit quelques mois par Yanis, le temps de se lancer dans sa nouvelle vie, partagée entre sa recherche d'indépendance et ses actions à l'Organisation.

Cet octobre 2034 ne s'était joué qu'à un enchaînement de hasard et de rencontres tout aussi fortuites. Le monde entier se constituait sur de petits événements aléatoires aux immenses effets papillons.

CHAPITRE 10
Haut voltage

Matthieu fixait le foyer depuis le début de son récit.

— Et voilà donc comment j'ai rejoint l'Organisation. La suite, tu la connais, on a fait nos premiers attentats au début du mois, et voilà.

Lena avait écouté le récit sans rien dire, sans poser de questions. Elle assimilait le fait qu'il a trahi ses amis, et son sauveur, en quelques sortes. Elle craignait de subir le même sort, mais avec elle, c'était différent, elle le sentait.

C'était ironique de savoir que Howard avait aidé Matthieu à se relever, et que lui, il l'avait condamné à mort.

À Paris, la nouvelle de la mort de l'agent R, Charles Raitre, ne tarda pas à se répandre parmi l'équipe d'arrestation. Il ne donnait plus de nouvelles, tandis que Matthieu avait été aperçu dans un village alentours. Il ne faisait pratiquement aucun doute que ce fou a tué son père.

De toute façon, DeProst avait pris des mesures depuis le départ de Charles. Yanis avait été transporté dans une salle poisseuse et humide et attaché à une chaise. DeProst l'avait mariné pour en extraire le plus d'informations possibles. Il avait notamment appris que Matthieu prévoyait d'attaquer Paris. Malgré toute sa volonté et sa force, Yanis n'avait pu résister.

Et une fois vide, il a été une nouvelle fois amené dans une autre salle, sur l'ordre de Basten. Celle-là était blanche, avec une chaise au milieu, recouverte de fil. Il y fut attaché et sanglé. En face de lui, une vitre sans tain, et derrière cette vitre, DeProst, Basten et un bourreau.

Ce dernier tourna une molette qui envoya de l'électricité dans la chaise, puis dans le corps de Yanis. D'abord progressivement, jusqu'à un point critique, puis il redescendait. Il remontait d'un coup, pendant deux secondes, et redescendait à nouveau. Yanis se contorsionnait, criait malgré qu'il fût bâillonné, et pleurait. À chaque montée des voltages, ses muscles se raidissaient, il se redressait dans son siège et hurlait.

Une nouvelle fois, le bourreau monta progressivement, laissa une forte puissance pendant quelques secondes, laissant Yanis convulser, puis redescendit. Et d'un seul coup, il mit la puissance maximale. Yanis s'agita quelques secondes, puis il s'arrêta. Ses muscles s'agitaient à cause de l'électricité, mais une fois la machine éteinte, il était inerte.

Durant toute l'exécution, DeProst était resté impassible. Il fixait Yanis, le regardait souffrir. C'était le jeu, et il avait perdu. Il n'avait pas hésité à condamner Jean Baitaye, Matthieu n'avait pas hésité à condamner Claire et Howard, alors eux non plus n'hésiteraient pas. Et Yanis n'était que le premier. Ils avaient déjà des plans d'attaques contre les autres lieutenants, et alors même qu'ils détachaient le corps de Yanis, ils préparaient un piège à Matthieu.

Basten serra la main à DeProst et le félicita pour cette prise. Le Mouvement de Libération Français se voyait grandement affaiblit par cette action. Il faisait le fier et trouva que régler ce problème ne s'avérait pas si compliqué, finalement. Mais DeProst savait le prix qu'il fallait en payer. Une erreur, et les conséquences pouvaient être tragiques. Baitaye a failli y perdre la tête, et au moment de mourir, il était complètement anéanti. Au fond, se disait DeProst, c'est bien qu'il soit mort maintenant. C'était même trop tard. Sa mort n'a pas fait de lui un héros, comme Claire et Howard. Il aurait été tué dans l'attentat du Cou Vert, le jeu aurait été bien différent. Matthieu aurait été le méchant pour tous. Non, sa mort l'avait juste sauvé d'une perdition complète de lui-même, mais n'avait pas arrangé son cas. Il était devenu fou, avec ses rêves royalistes. Il n'était pas taillé pour affronter ce mouvement de contestation.

Toujours est-il que le jeu d'échec avait changé. Matthieu avait perdu une pièce maîtresse de la partie, et petit à petit, il ne lui resterait qu'une armée de pions. Alors il irait lui-même à la bataille, comme il a fait à Toulouse, et ils n'auront plus qu'à l'encercler pour l'échec et mat final.

CHAPITRE 11
La contre-offensive

L'heure de la contre-offensive avait sonné. Basten était resté en retrait trop longtemps, il avait fait l'erreur de déléguer l'affaire à un seul homme. Ils étaient sur la défensive, laissaient Matthieu et son Mouvement attaquer en premier. Maintenant, il fallait montrer qui dominait réellement.

Metz était encore fragilisée après l'attaque du Mouvement de Libération Français. Mais pour ne pas commettre les mêmes erreurs que Jean Baitaye, il fallait frapper vite et fort, à un point bien précis. Heureusement pour Basten, quelques-uns de ses fidèles étaient restés à Metz et lui servaient d'observateur. Ils survivaient comme ils pouvaient à la purge qui suivaient, chassant tous ceux qui ne se battaient pas dans le même camp ; ou qui ne se battaient pas du tout.

Alors avec DeProst, ils envoyèrent une unité d'intervention, la même qui était intervenue chez Howard quelques semaines plus tôt. Presque invisibles, ils arrivèrent à Metz où ils évitèrent de croiser des membres du Mouvement, sans quoi toute l'opération aurait été compromise.

C'est dans un immeuble près de l'hôtel de ville que se trouvait leur première cible. Camouflés du mieux qu'ils pouvaient, ils étudiaient les allées et venues devant l'entrée. Ils ne pouvaient rester ici éternellement, et bien trop de gens passaient. Alors ils avancèrent rapidement en formation, forcèrent la porte d'entrée sans que personne dans la rue n'ait le temps de réagir. Ils grimpèrent jusqu'à l'étage annoncé lors du briefing, poursuivis par les plus réactifs et téméraires. L'un d'eux cria même :

— Jo ! Fuis, ils viennent pour toi !

De toute façon, il n'avait aucune issue. Mais il était préparé à avoir de la visite. Sans plus attendre, une fois devant la porte de l'appartement, ils l'enfoncèrent. Derrière, ils repoussaient ceux qui venaient défendre leur lieutenant, les faisant dégringoler dans les escaliers, en emportant d'autres avec eux dans leur chute.

À peine la porte avait volé en éclats que les premiers échanges de tirs eurent lieu. Jo s'était rapidement retranché dans son appartement et interdisait tout intrus d'entrer. Une grenade fumigène roula dans l'appartement, lâchant sa fumée. L'unité d'intervention avait deux fronts à gérer, car toute la rue bloquait maintenant la cage d'escalier.

Ils entrèrent dans l'appartement sous les coups de feu, se protégeant comme ils pouvaient, et encerclèrent Jo qui ne s'en rendit même pas compte. Aveuglé par le fumigène qui lui brûlait les yeux et les poumons, il tira même sur ses compagnons.

Les membres de l'unité d'intervention, une fois à portée de leur cible, tirèrent sans hésitation. Jo fut criblé de balles, presque à bout portant, et les tirs s'arrêtèrent. Le monde qui avait accourut dans l'immeuble se précipitait maintenant dans l'appartement pour venger leur lieutenant.

Les ordres étaient clairs, et aucun écart ne serait accepté : un seul mort, le dénommé Jo. Pas de victimes civiles, même s'ils se montraient hostiles. La sortie fut donc compliquée. Ils forcèrent le passage pour quitter au plus vite l'endroit, écrasant parfois quelques combattants contre un mur. L'un des membres reçut un violent coup à la tête, le faisant tituber, mais il continua sa route. Ils parvinrent à quitter l'immeuble et à se disperser dans la rue. Tenir en joue les poursuivants ne les dissuadait pas. Ils avaient une véritable rage, une haine contre tout ce qui représente l'autorité d'avant octobre 2034. Ils se battaient pour un nouveau monde ; du moins, le pensaient-ils. Car en vérité, c'était pour les ambitions de Matthieu qu'ils mourraient. Mais c'était compréhensible, ils avaient de belles promesses que d'autres n'avaient pu tenir.

L'unité d'intervention arriva à sa voiture et quitta le plus rapidement possible le quartier. Il fallait se faire discret pour atteindre la prochaine cible.

Ils avaient enfin réussi à semer leurs poursuivants, mais la nouvelle de leur visite à Metz n'avait pas mis longtemps à se répandre. Leur prochaine cible, le fameux Tim, avait quitté la ville.

Fort heureusement, DeProst et Basten le suivaient depuis leur salle de contrôle.

Tim s'était engagé sur l'autoroute A 31. Il était possible qu'il retournât à Toulouse, et ils pouvaient le perdre n'importe où. Alors, ne contrôlant pas sa vitesse, l'unité d'intervention rentra également sur l'autoroute. Les voies étaient étrangement vides, en même temps personne ne voudrait partir en vacances dans ce contexte.

Ils roulaient aussi vite qu'ils pouvaient, Tim avait certainement une belle avance. Un hélicoptère les avait rejoints ; il y en avait eu un contre Claire et Howard à Paris, alors pourquoi pas contre lui ?

Après quelques minutes de course folle, ils commencèrent à le rattraper. Le point noir se rapprocha de plus en plus, si bien qu'ils commençaient à tirer sur lui. Affolé, Tim saisit son téléphone :

— Matthieu, t'es où ?! Jo est mort, j'ai pas de nouvelles ni de Yanis, ni de toi ou Lena et maintenant je suis poursuivi ! Ils ont un hélico ! Rappelle !

Et il se concentra de nouveau sur sa route. L'unité d'intervention se rapprochait de plus en plus, à presque pouvoir se faire toucher les deux voitures. Les moteurs hurlaient, le moindre petit mouvement de volant entraînait une déviation de la voiture, la carrosserie tremblait. Un seul impact et les occupants mourraient sur le coup. Les aiguilles des moteurs étaient le plus à droite possible. Tim reprit son téléphone :

— Matthieu ! Ils sont derrière moi, ils me tirent dessus ! Je vais à Toulouse !

Quand il était au téléphone, sa voiture tanguait. Le conducteur de l'unité d'intervention colla le nez de son véhicule sur l'arrière de la voiture. Tim composa un autre numéro :
— Lena, dis-moi que t'es avec Matthieu et que vous allez bien. Faut que vous me rappeliez, maintenant, j'ai besoin d'aide !

Puis il rappela une nouvelle fois Matthieu dans l'espoir qu'il décroche :
— Jo est mort à Metz, ils l'ont eu ! Ils contre-attaquent, et…

Il ne finit pas sa phrase, l'unité d'intervention venait de le percuter violemment. Son téléphone tomba sur le sol, et il parvint à se remettre droit sur la route. L'appel était toujours en cours. Les tirs continuaient de frapper sa carrosserie.

L'hélicoptère au-dessus de lui prit de la hauteur. C'était encore la même équipe qu'à Paris, contre Claire et Howard. Le chef parlait depuis son haut-parleur, demandant la reddition du poursuivit. Mais la course devenait dangereuse pour tout le monde, et Basten voulait sa mort. Alors d'un regard, il autorisa son collègue à faire ce qu'il attendait depuis quelques semaines.

Assit au-dessus du vide, son fusil de précision dans les bras, il centra la tête de Tim dans son viseur. Et sans hésitation, il tira. Peut-être à cause des aléas de la route, ou du mouvement de l'hélicoptère, la balle ne se logea pas dans la tête de Tim. Mais dans le pneu de sa voiture. Il dérapa, partit en tonneau violent sur plusieurs dizaines de mètres, la voiture planait quelques instants avant de redescendre violemment, et roulait encore un peu, pour finalement s'immobiliser sur le toit. Elle était froissée, fumante, laissant sur son passage des bouts de verre et de métal.

L'unité d'intervention s'immobilisa juste à côté et avança prudemment pour contrôler si Tim était bien mort ou non. Il avait le visage déformé, recouvert de sang, ses bras et ses jambes cassés. Aucun doute, il était mort. Les airbags ne l'avaient pas sauvé.

Encore une pièce blanche de perdue. Le plateau se vidait. À part les pions, il ne restait que Matthieu et Lena.

CHAPITRE 12
La fin des Balmeco

Matthieu se sentait reposé et plus motivé que jamais. Il était évident pour lui que Yanis l'avait trahi et qu'il en paierait le prix, le moment venu. Mais surtout, en se remémorant son entrée à l'Organisation, il eut une nouvelle idée, qu'il expliqua a Lena :
— On va à Paris. On ne lance pas l'offensive maintenant, mais j'ai une autre idée. Nous allons rendre une visite aux Balmeco et aux Tomczak.

Matthieu lui montra un jeu d'échec, saisit la Reine, l'effleura de l'index et lui dit :
— Cette Reine, c'est toi. Il est temps que tu rentres véritablement dans le jeu. On va les enlever, les utiliser comme otages.

Ainsi, ils quittèrent le chalet, habillés comme les parents Raitre, en direction de Paris. Alors qu'ils traversaient, en voiture, conduit par Lena, les premiers villages, le téléphone de Matthieu vibra une fois, récupérant du réseau. Puis une deuxième fois. Et une troisième. Celui de Lena vibra également. Ils consultèrent les téléphones et écoutèrent les messages vocaux laissés par Tim. Puis ils arrivèrent sur le tout dernier. Ils entendirent le téléphone tomber, Tim crier des jurons, un coup de feu par-dessus le bruit du moteur, puis les tonneaux. Là, l'enregistrement se coupa. Matthieu ne bougea pas, puis frappa le tableau de bord. Yanis qui le trahissait, et maintenant Jo et Tim qui mourraient. Lena retint ses larmes.

— On change le plan, du coup ? demanda-t-elle d'une petite voix.

— Hors de question. On continue, répondit Matthieu sèchement.

Après quelques secondes, sans vraiment savoir pourquoi, peut-être pour fuir ses pensées, Matthieu alluma la radio. Ils y racontaient la mort de Jo et Tim dans des accidents, l'un lors d'échanges de tirs, l'autre sur l'autoroute. Puis ils annoncèrent la mort de Yanis.

— Tant mieux, ça nous débarrasse, siffla Matthieu entre ses lèvres.

— Matthieu… je ne crois pas qu'il t'a trahi. Il voulait nous sauver, c'est tout.

— J'espère que c'est Basten qui l'a tué, et qu'il l'a fait souffrir.

— Tu ne peux pas dire ça, c'est ton ami. Il voulait ton bien, à toi, et au Mouvement.

— On en a déjà parlé Lena ! s'énerva Matthieu.

Ils roulèrent en silence jusqu'à Paris.

— On commence par les deux vieux. Je crois savoir où ils habitent, ordonna Matthieu.

Il avait changé depuis le départ du chalet. Il faisait comme si de rien n'était, mais les morts de ses lieutenants et amis l'avaient fortement altéré. Matthieu les guida jusqu'à un petit pavillon. La boîte aux lettres indiquait le nom de Balmeco. Ils y étaient bien.

— Changement de plan, on les tue. Ou plutôt, tu les tues.

Lena n'était pas prête à recevoir cet ordre. Ils avaient déjà beaucoup perdu avec la mort de leur fille, maintenant ils n'aspiraient qu'à finir leur vie tranquillement. Même Lena, qui avait tué des milliers de personnes, aurait du mal à le faire ici.

— Pourquoi moi ?

— Tu es la Reine du jeu, non ? Alors tu fais ce que je te demande.

Lena frappa à la porte pendant que Matthieu fit le tour. Un petit monsieur aux traits tirés par la fatigue de la vie et la tristesse lui ouvrit la porte.

— Bonjour, mademoiselle. Attendez. Vous êtes cette fille, là, avec Raitre ? Qu'est-ce que vous faites là ?

Son ton avait changé entre le début et la fin de sa phrase, où il était beaucoup plus agressif.

— Je… je viens vous parler. Je peux entrer ?

— Non, sortez de chez moi.

Mais derrière lui, il y eut un cri aigu :

— C'est lui ! Il est là !

Le père Balmeco se retourna et trottina jusqu'au salon, d'où sa femme avait crié. Il trouva Matthieu, tenant en joue la mère Balmeco.

— Qu'est-ce que c'est que ça ? Vous avez de l'audace pour vous présenter ici ! hurla-t-il.

Lena se plaça juste derrière lui.

— Alors, comment ça va depuis la mort de votre fille ? demanda Matthieu avec un grand sourire, comme s'il venait aux nouvelles, à son habitude.

— Vous allez faire quoi ? Nous tuer ?
— Ouais. Enfin, non, c'est elle qui va le faire. N'est-ce pas, Lena.

Lena les regarda tous les trois et hésita. D'abord, elle se demanda où Matthieu avait eu cette arme, puis elle se dit que c'était probablement celle de son père. Puis son cerveau chercha un moyen de se défiler, mais elle n'en trouva pas.

— C'est moi, oui.

Elle saisit l'arme de Matthieu.

— Écoutez, on est fatigué de tout ça. Faites ce que vous voulez, mais laissez nous mourir en paix.
— Oh oui, vous allez mourir, ça c'est sûr. Mais maintenant, ria Matthieu.
— Tuez-moi, mais laissez ma femme. S'il vous plaît.
— Bien. Lena, commence par madame Balmeco.

Lena hésita, se repositionna, puis tira dans la jambe de la petite dame, ce qui lui arracha un cri de douleur. Puis une autre balle. Elle se vidait de son sang, imbibant les fauteuils, le tapis et la petite table basse. Matthieu riait aux éclats. Lena essayait de garder une consistance, ne pas se montrer faible. Tuer des gens comme elle le faisait était bien différent de ça, elle ne les voyait pas, ne les connaissait pas, ils ne souffraient pas. Mais là, elle faisait ce que Matthieu attendait d'elle, comme elle voulait depuis le début, mais pas dans ces circonstances. Elle avait l'impression d'être un atout à la merci de Matthieu, alors qu'elle voulait être son alliée, sa lieutenante.

Le père Balmeco tenta une attaque désespéré pour désarmer Lena. Matthieu laissa s'échapper un

« Oh » d'étonnement, et Lena lui tira dessus quand il s'approchait. Le pauvre homme se retrouva à quatre pattes, essayant de retenir le sang qui s'écoulait de sa plaie. Tout en riant, Matthieu lui assena un coup de talon au visage.

Lena souffla une petite excuse aux Balmeco avant de leur tirer dessus, une balle chacun dans la tête, pour mettre fin à leurs souffrances. Elle se sentait comme Jade, lors du tout premier attentat, bloquée et condamnée à sa perte, regrettant ses actes quand il était trop tard, tout ça pour Matthieu. Le schéma se répétait.

— C'était énorme ! On y met le feu et on s'arrache. Il nous reste les Tomczak.

Matthieu alluma un petit brasier et ils quittèrent la maison. Le feu se répandit rapidement, et Lena retenait les haut-le-cœur qui l'envahissaient.

CHAPITRE 13
Tomczak

Ils arrivèrent devant l'immeuble des Tomczak, juste devant l'entrée. Au même moment, Halina entrait avec ses deux enfants.
— Souvenirs, souvenirs, soupira Matthieu.

Ils sortirent, s'armèrent de cordes et de scotch et rejoignirent l'appartement. Matthieu frappa, et quelques secondes plus tard Halina ouvrit la porte.
— Salut, Howard est là ? demanda Matthieu.

Le visage de Halina se contracta, elle était prête à le tuer. Il tenta de l'assommer, mais elle le contra. Lena lui assena un coup derrière la tête qui la fit s'effondrer.
— Maman, c'est qui ? demanda une petite voix au fond.
— Les enfants, chuchota Matthieu à Lena en riant silencieusement.

Il était devenu complètement fou. En même temps, il avait perdu presque tous ses proches en quelques heures. D'abord, il avait appris la mort de sa mère, puis il avait tué son père ; il pensait que Yanis, son meilleur ami, l'avait trahi, et maintenant il était mort ; et c'était ensuite le tour de ses amis Jo et Tim, avec qui il était depuis le début. Peut-être qu'il se rendait compte que la fin était proche pour lui, mais il refusait de la voir.

Il entra dans l'appartement, se figea devant les enfants et leur fit signe de la main.

— C'est toi, Matthieu ? Tu as tué notre père ? demanda la fille.

— Dis donc, tu as bien grandi ! Ça te fais quel âge ?

— J'ai…

— M'en fous. On les attache.

Les enfants ne furent pas assommés, simplement bâillonnés et attachés. Matthieu porta le plus jeune, sa petite force ne lui permettant pas de porter plus. Les enfants s'agitaient dans tous les sens, d'autant plus que Lena et Matthieu enjambaient leur mère inconsciente.

Les trois Tomczak furent chargés à l'arrière de la voiture et se postèrent en retrait de la capitale. Lena eue du mal à se remettre de ce qu'elle avait fait aujourd'hui. Quand elle refermait les yeux, elle revoyait ces pauvres Balmeco, rouges de sang. Elle aurait préféré leur tirer une seule fois dessus, simplement et rapidement, ne pas les entendre crier. Mais Matthieu était juste derrière. Il était petit et frêle, mais imprévisible. Et ça, c'est qui lui faisait le plus peur, en même temps que de susciter une petite admiration. Si elle l'avait déçu, elle aurait pu être elle aussi dans cette maison, en ce moment, carbonisée, criblée de balles.

Derrière, les Tomczak s'agitaient. Halina était revenue à elle et cherchait ses enfants. C'était lamentable de les voir ainsi, comme s'ils n'avaient pas déjà assez souffert. Ils avaient payé le prix fort pendant cette époque, mais ce n'était toujours pas terminé, Matthieu allongeait la facture.

Ils prévinrent les membres du Mouvement de Libération Français de l'imminence d'une attaque sur Paris. Metz avait secrètement reçu des caisses d'armements venues de l'étranger. Tout n'était maintenant qu'une question d'heure.

Toujours dans la salle de contrôle, DeProst et Basten surveillaient l'évolution de la situation. La nouvelle venait d'arriver, les Balmeco venaient d'être tués chez eux, mais toujours pas celle de l'enlèvement des Tomczak. Puis ce fut l'agent en charge de surveiller les communications de Matthieu qui vint à eux.

— Messieurs, j'ai une… bonne nouvelle, je pense. Matthieu va passer à l'assaut. Il a prévenu le Mouvement.

— Bien, merci.

Basten et DeProst se regardèrent, prêts à lancer leur plan de défense. C'était maintenant que tout se jouait. Mais peu importe qui gagnera, la partie touchera à sa fin.

CHAPITRE 14
L'attaque de Paris

La partie touchait à sa fin. Tous le savaient, et cela emplit l'atmosphère, l'alourdissant, lui donnant une consistance particulière.

Basten avait appris que d'autres pays fournissaient des armes et de l'équipement au Mouvement de Libération Français. Il se rassura en se répétant que s'il perdait, Matthieu et ce qu'il reste de sa bande devraient rembourser ces armes, d'une manière ou d'une autre.

La défense de Paris était assurée par les CRS, Basten ne souhaite pas amener l'armée et commettre les mêmes erreurs que Baitaye. Pour lui, ce n'était pas une guerre, mais une manifestation qui avait prit un peu trop d'ampleur. Et il allait la réprimer en affrontant un peuple, et non une armée.

Cachés dans les bois de Vincennes, Matthieu et Lena attendaient l'arrivée de leur petite armée. Ils arrivèrent, le plus discrètement possible, mais éparpillés et peu ordonnés. Ils descendirent de la voiture pour les rejoindre.

— On reviendra vous chercher, ne vous inquiétez pas, glissa Matthieu à la famille Tomczak, toujours attachée.

Le soleil se levait et illuminait la ville Lumière, qui allait connaître un jour bien sombre. Ils n'avaient pas vraiment de plan d'attaque, Matthieu préférant attaquer le plus vite possible. Il savait juste qu'une partie de ses forces tenterait de remonter les Champs-Élysées pour atteindre le palais du président.

Trois hélicoptères de police survolaient la ville au loin. Autour de Matthieu, la grande majorité des combattants étaient peu armés. Il maudit Yanis de l'avoir empêché de capturer la base militaire près de Metz.

Presque en même temps, les deux parties de l'armée du Mouvement de Libération Français lancèrent la marche. Il ne fallut pas longtemps pour tomber sur les premiers barrages de CRS. Une première sommation fut lancée, mais un des combattants ouvrit le feu. Un des policiers n'eut pas le temps de se mettre à couvert et fut mortellement touché. Les autres se réfugièrent derrière leurs boucliers. Des grenades fumigènes et à dispersion volèrent depuis l'arrière et atteignirent les premiers combattants qui chargèrent.

Le front épars s'étendait de la Seine jusqu'au 20e arrondissement. Matthieu et Lena restaient au milieu, légèrement en retrait, mais participant tout de même aux combats. Ils avaient pu prendre des armes.

De l'autre côté de la capitale, l'autre contingent atteignit l'Arc de Triomphe en quelques minutes de combats. Ils n'auraient plus qu'à remonter les Champs-Élysées. Mais des renforts de véhicules blindés formèrent un barrage, et les CRS continuaient de lancer des fumigènes. Ils avaient reçu l'ordre de faire le moins de victimes possibles ; en revanche, ils pouvaient blesser autant qu'ils voulaient. Un hélicoptère survola la zone de bataille pour fournir des renseignements sur les forces du Mouvement de Libération Français.

Du côté de Matthieu et Lena, ils parvinrent à repousser les premiers barrages et s'infiltraient dans les rues. On passait désormais à des combats de rues, des escarmouches, on arrêtait les combats de face. Les grandes avenues leur posaient des problèmes, ils n'avaient pas d'endroit où se cacher et les CRS disposaient d'un grand champ de tir.

Parfois, les combattants pillaient les appartements pour en sortir les meubles et tenter d'ériger des barricades, en vain. Il arrivait que quelques-uns se fussent barricadés chez eux, mais en général, ils s'étaient réfugiés sur l'île de la Cité et l'île Saint-Louis. Les ponts étaient chargés de dynamite, prêts à sauter si le Mouvement de Libération Français s'approchait un peu trop. D'autres essayait de quitter Paris, formant des embouteillages là où il n'y avait pas de combats. Le reste des Parisiens avait rejoint les combats.

La journée touchait à sa fin, et le Mouvement de Libération Français n'avait gagné que quelques mètres, quelques rues, très peu de quartiers. Des cadavres des deux camps jonchaient les rues, bien moins nombreux tout de même qu'à Toulouse. Le nombre d'estropiés du Mouvement augmentait chaque heure. Sur les Champs-Élysées, le front n'avait pas bougé depuis plusieurs heures, mais les combats n'en étaient pas moins intenses.

En revanche, une fois que le soleil disparut à l'horizon, et que seuls les quartiers contrôlés par Basten étaient éclairés, les combats se firent de plus en plus rare. Il était dangereux pour le Mouvement de tenter quoi que ce soit. La relève des CRS était arrivée, et ils se renforçaient.

Matthieu, qui enchaînait les nouveaux chargeurs dans son arme et qui tenait un compte de tués des deux camps élevés, entendit un téléphone sonner dans le calme de la nuit. Pas loin de lui se trouvait une cabine téléphonique.

— Eh, toi, vas décrocher, ordonna-t-il à un homme près de lui.

Celui-ci s'exécuta. Matthieu craignait que ce ne soit piégé, ou que ce soit un coup tordu de Basten. Mais l'homme décrocha, écouta, regarda Matthieu et l'appela. Il prit le téléphone et attendit que quelqu'un parle.

— Matthieu Raitre, vous êtes là ?

— Oui.

— Ici le président Basten. Je souhaiterais faire une trêve. Nous pourrions parler de ce qu'il se passe maintenant.

— C'est hors de question.

Matthieu raccrocha et le téléphone sonna de nouveau. Lena s'approcha pour écouter elle aussi, et Matthieu reprit le combiné.

— Monsieur Raitre, ne raccrochez pas comme ça. Votre Mouvement est fatigué, il s'essouffle en une seule journée de combat. Offrez leur une journée de répit, au moins, et parlons tous les deux.

Lena lui fit signe d'accepter. Derrière elle, certains combattants se faisaient soigner à la lumière d'un feu dans un tonneau, ou par terre, d'autres se tenaient la tête, respiraient amplement ou paniquaient. Au départ, ils souhaitaient tous le changement, ils étaient prêts à se battre. Mais la réalité les avait rattrapés. L'utopisme a son prix, c'est le désespoir. Beaucoup continueraient à se battre, mais ils avaient besoin de se reposer, d'intégrer ce changement brutal dans leur vie et leur conscience. La trêve s'imposait.

— Bien, j'accepte. On se voit demain.

— Nous nous retrouverons tous les deux, loin des combats, mais protégés. Je ne veux pas finir comme votre père.

Matthieu reçut cette phrase comme un coup dans le ventre, et lança le téléphone contre la cabine. Il s'isola, pour réfléchir à toutes les options possibles pendant la trêve.

CHAPITRE 15
Trêve

Le rendez-vous eut lieu au Jardin du Luxembourg. Basten attendait sur un banc, seul, avec quelques-uns de ses hommes éloignés. Ils n'étaient pas armés, et Matthieu respecta lui aussi l'engagement. Lena était restée sur le campement pour continuer le combat s'il arrivait quelque chose à Matthieu, mais il était accompagné de quelques combattants, non armés. Il s'assit sur le banc à côté.

— Quel plaisir de vous rencontrer, monsieur Raitre.

— Il n'est pas partagé.

— Tant pis. Bien, rentrons dans le vif du sujet : pourquoi attaquez-vous Paris ?

— Vous le savez très bien. Moi aussi j'ai quelque chose à vous demander.

— Allez-y.

— Rendez-vous, laissez votre place au peuple. C'est à lui de se diriger maintenant.

Basten pouffa.

— Et vous pensez que votre violence vous permettra de vous emparer de ma place ?

— Vous avez voulu une trêve. C'est un repli dans notre combat.

— Non, Matthieu.

Matthieu fut déstabilisé que Basten l'appelle ainsi.
— Vous allez perdre, peu importe l'issue de cette bataille, reprit le président. Pensez-vous que les armes que vous avez vous ont été offertes ?
— Vous voulez dire quoi par là ?
— Vous aurez une dette envers le pays qui vous les a fournit. Tout à un prix, et vous les paierez.
— On s'en sortira, on a tout réussit jusque-là.
— Justement, parlons-en. Ne trouvez-vous pas que tout ce que vous faites est ridicule ? Vous n'avez pas les épaules pour diriger, vous faites n'importe quoi depuis le début du mois, vous condamnez des milliers de personne !

Matthieu sourit.
— Et ça ne vous fait rien, continua Basten.
— Voyez où ma « violence » m'a amené. J'ai mon peuple, qui est prêt à se battre pour moi. J'ai fait trop de sacrifices pour arrêter maintenant, j'irais jusqu'au bout.
— J'en suis conscient, Matthieu. Mais je souhaiterais, pour le bien du pays, que tout s'arrête maintenant. Rendez-vous, et nous écouterons vos revendications.
— Vous plaisantez j'espère, s'esclaffa Matthieu.

Il y eut un moment de silence, et Basten le brisa :
— Est-ce vous qui avez tué les parents de Claire Balmeco ?
— Moi, oui et non. Je l'ai fait avec mon associée.
— C'était un acte horrible. Bien. Je crois que je n'ai pas d'autres choix, désormais, conclut Basten en se levant.

— Vous allez m'arrêter ici et maintenant, se moqua Matthieu.
— Quand même, Matthieu, je n'ai qu'une parole. Je ne ferais rien jusqu'à la fin de la trêve. Mais sachez qu'il n'appartient qu'à vous d'éteindre ce feu destructeur qui nous anime depuis un mois, ou le laisser s'embraser.

Basten s'éloigna, laissant Matthieu seul dans le Jardin du Luxembourg. Le président rejoignit ses hommes. DeProst avait tout suivit depuis sa salle d'opérations, déplacée avec son équipe à l'Élysée. Il aurait préféré que Basten arrête Matthieu maintenant, mais il voulait certainement prouver quelque chose, qu'il n'était pas fourbe et lâche, peut-être.

En retournant dans leur campement, Matthieu aperçut Lena qui donnait des directives pour construire des barricades. Quelques-unes s'élevaient dans les rues alentours. Le combat allait continuer. Matthieu décida de sortir sa carte secrète.

CHAPITRE 16
L'assaut final

Le lendemain, des barricades s'élevaient dans presque toutes les grandes rues de Paris. Matthieu était arrivé le matin avec sa voiture et un haut-parleur qu'il avait réussi à avoir dans un appartement. Dans la nuit, il avait demandé à Lena de guider une petite escouade pour s'emparer d'un camion blindé des CRS. La mission avait été menée à bien, même s'ils avaient presque été repérés. Le jour se levait, et Matthieu sortit la famille Tomczak de la voiture. Ils étaient fatigués, courbaturés, épuisés.

— On devrait les nourrir et les détacher, demanda Lena.

— Non, on n'a pas le temps. Où est le camion blindé ?

Les trois otages étaient sales et avaient du mal à respirer. Matthieu les amena dans une petite ruelle déserte et avec Lena, ils les attachèrent à l'avant du camion. Quand Matthieu était assez éloigné, Lena fit boire les enfants puis Halina.

— Je suis vraiment désolée pour tout ça, vraiment. Je ne pensais pas qu'on en viendrait là.

Les Tomczak étaient trop épuisés pour parler, et Lena les bâillonna à nouveau. Matthieu monta dans le camion, suivit de Lena. Il ordonna de lancer l'assaut. Les CRS n'étaient pas vraiment préparés à ce que le Mouvement attaque de si tôt, mais ils s'organisèrent rapidement.

Matthieu sortit le haut-parleur et fonça à pleine vitesse sur le barrage de police.

— Nous avons des innocents avec nous ! Ne tirez pas sur la famille de Howard Tomczak ! hurla-t-il en riant.

Devant, le fils de Howard perdit connaissance. Matthieu accélérait et remontait les rues, suivit par les combattants qui couraient juste derrière. La confusion était totale chez les CRS, cherchant à savoir d'où provenait ce camion et si c'était vraiment des innocents qui étaient attachés à l'avant.

Certains combattants, devant ce spectacle écœurant, déposèrent les armes et disparurent du champ de bataille. Les autres profitaient de la brèche créée par Matthieu et Lena pour s'engouffrer dans Paris.

La nouvelle atteignit DeProst et Basten, qui eurent la confirmation que c'était bien la famille de Howard, affaiblie, qui servait d'otage et de bouclier. Ils rappelèrent en urgence quelques camions et des CRS qui se trouvaient sur les Champs-Élysées pour défendre la rue Saint-Honoré.

Le front se déplaça d'un seul coup, et les combattants du Mouvement purent même en détacher quelques-uns pour transporter les barricades.

Matthieu s'engagea dans la rue Saint-Honoré, la bave aux lèvres, sautant sur son siège. L'Élysée était droit devant. Mais les CRS eurent le temps de faire leur propre barrage.

— Matthieu, attention ! hurla Lena.

Matthieu freina brutalement, blessant les otages, manquant de partir en tonneau et se rattrapant de justesse. Les CRS chargèrent en ligne, à couvert. Matthieu et Lena furent contraints de quitter le camion.

— Laisse-les là ! cria Matthieu à Lena qui voulait détacher les otages.

Ils coururent se mettre à l'abri quelques mètres plus loin. Les CRS, voyant que leurs cibles n'étaient qu'au nombre de deux, avancèrent plus vite. Ils arrivèrent au camion, et quelques-uns, avec un médecin, détachèrent les Tomczak et les reculèrent vers l'Élysée.

Les CRS se rapprochaient de Matthieu et Lena. Mais les combattants du Mouvement les plus rapides arrivaient déjà et ouvraient le feu. Les policiers reculèrent, le nombre d'ennemis augmentant à vue d'œil. Matthieu et Lena furent sauvés de justesse.

Les combats stabilisèrent le front pendant une demi-heure avant que les premiers chargements des barricades n'arrivent. Ils les montèrent une à une, sous les fumigènes et les grenades à dispersions.

Sur les Champs-Élysées, le Mouvement avançait lentement, décidant d'attaquer avec le feu. Des petits brasiers s'allumèrent sur l'avenue au gré des projectiles enflammés. L'Élysée se rapprochait.

Basten sentait que la situation lui échappait. Peut-être aurait-il dû capturer Matthieu lorsqu'il en avait l'occasion. Un des trois hélicoptères se posa, prêt à décoller et placer le président en sécurité. DeProst refusa de partir et resta dans la salle des opérations, qui se vidait de plus en plus. Beaucoup cherchaient à fuir. Le président décida d'armer dans cette rue, exceptionnellement, les CRS avait des balles réelles. Il fallait sauver les meubles, quitte à casser de la vaisselle.

Matthieu avança jusqu'à une barricade et regarda la rue. Ils n'étaient plus très loin de leur objectif, mais le barrage de CRS était trop important. Il s'approcha de Lena pour lui proposer un nouveau plan.

— Prends quelques combattants, allez faire une diversion de l'autre côté du barrage. Nous, on avance, et on pourra entrer dans l'Élysée. Dès que j'attaque, tu les contournes.

Lena et son groupe improvisé se détachèrent et s'infiltrèrent dans les rues parallèles. Elle se plaça dans la rue d'Anjou, prête à lancer la diversion.

Puis elle sentit la panique chez les CRS. Ce devait être le signal. D'après ce qu'elle entendait, Matthieu et ses troupes avaient passé l'intersection et entraient dans la rue du Faubourg Saint-Honoré. Elle devait attaquer, son équipe attendait ses ordres.

Mais elle hésita. Était-ce vraiment un bon plan ? Voulait-il se débarrasser d'elle et l'envoyer à la mort ? N'aurait-elle pas pu prendre l'Élysée maintenant ? Pour remplacer Matthieu ? C'est vrai, pourquoi est-ce que ce serait lui, le chef du

Mouvement ? En plus, elle voulait se venger de ce qu'il la forçait à faire. Ces pauvres Balmeco n'avaient aucune influence dans leurs contestations, il souhaitait simplement assouvir une pulsion. Poser des bombes ne la dérangeait pas autant, au moins elle avait l'impression d'être écoutée. Mais là, c'était du pur sadisme. C'était trop. Mais elle pourrait se venger plus tard.

Mais elle avait pris trop de temps pour réfléchir. Les CRS relançaient l'assaut et criaient entre eux :

— Je crois qu'on l'a eu !

— C'est vrai ?

— Avance, on verra bien !

Matthieu attendit quelques minutes pour être sûr que Lena était bien installée. Puis il prit une arme à un combattant, grimpa sur la barricade la plus proche, cria et ouvrit le feu. Tous les autres combattants hurlèrent d'une même voix et coururent vers l'ennemi, tirant sans hésitation. Matthieu n'avait pas prévu que les CRS répliquaient désormais avec de vraies balles, et le sang coulait, les corps s'effondraient. Mais cela ne le dérangea pas. Il était galvanisé par sa haine, sa colère, contre son père, contre la vie, les humiliations qu'il subissait depuis tout petit ; toutes ses frustrations ressortaient désormais sous l'état d'une colère brute, et il monta en première ligne.

Les CRS se replièrent et ils avançaient. Ils entraient maintenant dans la rue du Faubourg Saint-Honoré. Mais Lena n'était toujours pas là. *Qu'est-ce qu'elle fait, bon sang ?! Une fois de plus, elle me déçoit !* Son discours avait radicalement changé entre la première fois où il la vit, au Morvan, et maintenant.

Sans s'en rendre compte, Matthieu avançait, ignorant que ses camarades tombaient. Mais une balle lui perfora le bras, sans le faire broncher. Puis une autre se logea dans sa jambe. Il roula par terre, ne ressentant aucune douleur, boosté par l'adrénaline ; il se releva et continua sa course, tirant au hasard. Mais d'autres balles se figèrent dans son abdomen, ses bras, ses jambes, son cou, perforant ses organes, sans qu'il n'en soit conscient. Il cracha du sang, mais les balles n'arrêtèrent pas de le toucher. Et il s'effondra, comme les autres.

CHAPITRE 17
Matthieu Raitre

Je m'appelle Matthieu Raitre, j'ai 35 ans. Est-ce que je suis vraiment mort ? Je n'ai même pas senti les balles qui me frappaient. C'est allé plutôt vite. Maintenant, je revois ma vie défiler devant moi.

Je vois mon père et ma mère, et moi. Nous sommes heureux. Je reconnais notre maison à Paris. Mais cette vision est rapidement remplacée par celle de moi, un peu plus grand, seul dans la cour de l'école. Déjà, je vois le petit Thibault qui m'humilie et se moque de moi. Mais je ne peux rien faire, je suis figé, j'ai peur. Je me sens nul.

Il est encore là au collège. Il continue, et ses moqueries prennent de l'ampleur. Personne ne me défend, mon père me suggère de me battre, mais je ne peux pas. Je suis petit, maigre, frêle. Et je ne suis même pas fort pendant les cours. Une haine profonde m'envahit, une colère sourde qui gronde de plus en plus fort en moi.

Et alors, une fois au lycée, je ne peux plus supporter les attaques de Thibault. Sans aucun plan solide, sans vraiment réfléchir, en pleine nuit, je me dirige vers sa maison. Je rentre en douce dans la cuisine, mais je ne sais pas quoi faire. Je sais qu'ils sont là, tout près, j'ai envie de me venger. J'en ai besoin. Alors j'allume le gaz et prends un paquet d'allumettes posé à proximité. Je le laisse envahir la maison, et ça sent très fort. J'ouvre une fenêtre pour m'enfuir, j'entends les parents de Thibault se réveiller. Je craque une allumette et la lance par la fenêtre. Le gaz s'embrase et en un rien de temps se transforme en brasier. Je ris, et je cours jusqu'à chez moi. Je crois que c'est la première fois que j'ai été véritablement content de moi.

Fier de moi, j'avoue mon acte à mon père, et je lui montre que je suis fort. Mais il ne perçoit pas ça comme moi. Il s'énerve, il est perdu, ma mère pleure. C'est la fin des seules choses qui me permettaient encore de tenir. Adieu, les vacances dans le chalet du Morvan. Adieu, la maison à Paris. Adieu papa, adieu maman. Vous avez décidé de m'enfermer loin de vous.

Un beau jour, je finis par sortir, mais personne n'est là pour m'attendre. Quelques-uns de mes camarades retrouvent leur famille. Moi, je suis seul, avec pour seules possessions les habits que je porte.

Je me vois déambuler dans les rues, demandant une petite seconde d'attention. Au bout d'une semaine, je suis sale et fatigué. Les fontaines d'eau publiques ne suffisent plus à m'entretenir, je dois manger. C'est là que je rencontre Howard, puis tous les membres de l'Organisation. Je lui suis reconnaissant de m'avoir aidé, mais j'ai appris une chose durant ma détention chez les fous : je ne peux faire confiance à personne, ni à l'asile, ni dans la vie en général. Mais surtout, c'est chacun pour soi. Howard m'a aidé ce jour-là, mais il aurait pu me trahir ; le seul moyen pour m'en protéger était de le faire avant lui.

Puis est arrivé MA contestation. Poser des bombes m'a permit de me soulager, d'extérioriser mes traumatismes. Je me sentais enfin fort, puissant. Mon corps était toujours aussi faiblard, mais mes actions avaient de grandes répercussions. Et j'ai enfin pu constater à quel point j'étais intelligent en faisant mourir Claire et Howard à ma place. C'était vraiment marrant.

Lena est ensuite arrivée, et grâce à elle, notre mouvement s'est agrandi, et nous avons résisté aux armées du préfet. En revanche, ma théorie sur la trahison a été vérifiée par la suite, lorsque Yanis nous a dénoncés. Une part de moi est convaincue qu'il a voulu nous sauver, mais j'essaye de la faire taire. Je ne peux pas me permettre de douter.

Je revois ensuite la mort de mon père. Cela me fait un petit pincement au cœur, mais son sacrifice était obligatoire. Même s'il m'a abandonné et délaissé, le tuer était une décision difficile. Je pense qu'il a eu peur de mon potentiel, et c'est ce qui l'a poussé à s'éloigner. Tant pis, j'ai fait bien plus sans lui.

J'ai ensuite des images de ce qu'il s'est passé quelques jours auparavant. J'ai forcé Lena a tuer et enlever des innocents. Ça aussi, c'était une bonne partie de plaisir, mais je sentais le doute en elle. Cependant, elle est restée d'une grande utilité pour l'attaque de Paris. D'ailleurs, je vois la dernière offensive que nous avons mené. Je ne sais pas où elle est, si elle est encore en vie ou non, ou si elle m'a trahi elle aussi. J'ai été satisfait de la rencontrer. Tout est fini maintenant. Au moins, j'ai marqué l'Histoire. Si c'était à refaire, je reviendrais sans hésiter ; mais je ferais moins confiance aux gens.

Les images commencent à se brouiller, je vois et je perçois de moins en moins. Je me sens disparaître, et mes pensées sont moins énergiques.

Tout ce dont je me souviens, c'est que j'ai 35 ans, et je m'appelle Matthieu Raitre.

CHAPITRE 18
La fin d'une histoire

Tout était enfin terminé. Matthieu Raitre s'était effondré dans la rue, criblé de balles, se vidant de son sang à une vitesse phénoménale. Tous les combattants du Mouvement de Libération Français, ceux qui n'étaient pas mort, en voyant ça, perdirent de la vigueur dans les combats et déposèrent les armes. Beaucoup tentèrent de s'échapper.

Lena Sitz était restée dans la ruelle et n'avait pas lancé l'assaut. Quand les forces du président Basten les aperçurent, Lena ne bougea même pas. Elle savait que Matthieu était mort, l'attitude des CRS était différente. Ses hommes attendaient le signal pour riposter, mais il ne vint pas. Deux combattants ouvrirent tout de même le feu, rapidement répliqué. Lena fut touchée aux jambes et s'effondra.

Les combats dans Paris s'arrêtèrent petit à petit, et les dernières poches de résistance s'évanouirent lorsque le corps de Matthieu passait, surélevé pour être bien visible. C'en était fini du Mouvement de Libération Français et de tous ses actes. Bien entendu, rien ne reviendrait dans l'ordre, comme si rien ne s'était passé. Matthieu et son mouvement avaient remué ce qui, pendant trop longtemps, stagnait et pourrissait.

Il faudrait écouter les revendications et accepter les changements pour que tout ça ne se reproduise jamais. Le président Basten promettait une belle utopie, mais peu y croyait ; cependant, tous avaient l'espoir que « leur guerre » n'avait pas été vaine.

Claire et Howard furent finalement réhabilités et devinrent des symboles dans les deux camps, qui se dissipaient petit à petit. Les Tomczak reprenaient vie après leur enlèvement. Les parents de Claire devinrent des martyrs. Ces deux familles symbolisaient les souffrances vécues par tous, causées par ce déchirement.

Lena fut enfermée et oubliée pendant plusieurs mois. Seule, elle commençait à s'effacer pour elle-même, et semblait être une coquille vide. Finalement, quand on se souvint d'elle, elle fut exécutée sur la chaise électrique, comme Yanis. Ce fut la dernière du Mouvement à mourir de la main de la justice. Le bourreau racontait qu'elle semblait ne rien ressentir, ou presque, même avec la puissance proche du maximum. Cette exécution était pour lui bien plus déstabilisante qu'une autre, où le condamnait souffrait. Ils apparaissaient encore comme humain, et la punition prenait son sens ; mais avec Lena, elle semblait déjà partit, complètement vide, les lambeaux d'une existence dont plus personne ne se souciait et qui n'avait plus lieu d'être. L'exécution semblait être un acharnement sur cette femme ; ou une délivrance après un calvaire, se rassurait le bourreau.

La France se reconstruisait au fil des mois, sur les cicatrices laissées par le Mouvement, et une question passait de bouche en bouche : le Mouvement avait-il eu la bonne méthode ? L'Organisation préférait les contestations pacifistes, et lentes, tandis que Matthieu préférait la violence et la rapidité. Un savant dosage de pacifisme et de violence aurait permis de toucher au but, de renverser la société actuelle ; mais Matthieu était bien trop obsédé par ses désirs de vengeance.

La réponse était claire : non, on ne peut gagner en faisant usage de la violence.

REMERCIEMENTS

Voilà, c'est la fin de ma première nouvelle publiée. C'était une aventure intéressante, et ce ne sera pas la dernière !

Je tenais à remercier ma famille, mes premiers lecteurs et correcteurs, qui m'ont soutenu de la première ligne du premier épisode jusqu'à la phrase finale, et qui me soutiendrons encore.

Un grand merci à mes parents et ma sœur, pour la couverture de ce livre, notamment, mais aussi pour tout. Je n'oserais probablement pas me lancer si vous n'étiez pas là.

Mais surtout, merci à vous, lecteurs, qui avez prit le risque de me faire confiance et le temps de me lire. J'espère que cette première histoire vous aura plu, et que je peux compter sur vos conseils avisés pour améliorer les prochaines.

Printed by Amazon Italia Logistica S.r.l.
Torrazza Piemonte (TO), Italy

14962121R00124